尽 善 尽 美　　　　弗 求 弗 迪

世事如书，我只爱你这一句

特立独行的猪先生 著

电子工业出版社
Publishing House of Electronics Industry
北京·BEIJING

图书在版编目（CIP）数据

世事如书，我只爱你这一句 / 特立独行的猪先生著 . — 北京：电子工业出版社，
2019.6

ISBN 978-7-121-35975-0

Ⅰ . ①世… Ⅱ . ①特… Ⅲ . ①散文集—中国—当代 Ⅳ . ① I267

中国版本图书馆 CIP 数据核字 (2019) 第 018466 号

责任编辑：张　毅

印　　刷：三河市鑫金马印装有限公司

装　　订：三河市鑫金马印装有限公司

出版发行：电子工业出版社

　　　　　北京市海淀区万寿路 173 信箱　邮编：100036

开　　本：880×1230　1/32　印张：9.125　字数：164 千字

版　　次：2019 年 6 月第 1 版

印　　次：2019 年 6 月第 1 次印刷

定　　价：42.00 元

凡所购买电子工业出版社图书有缺损问题，请向购买书店调换。若书店售缺，
请与本社发行部联系，联系及邮购电话：（010）88254888，88258888。

质量投诉请发邮件至 zlts@phei.com.cn，盗版侵权举报请发邮件至 dbqq@phei.com.cn。

本书咨询联系方式：（010）57565890，meidipub@phei.com.cn。

一刹那的爱意，可以永恒

民国时期是一个有趣的时代，文人雅士颇有魏晋遗风，才女名媛个性鲜明、各具风采。或许是因为身处时代剧变当中，在他们身上，既有对新思潮的追寻，又有对古老风韵的继承。独特的时代背景赋予他们复杂而各异的人生经历，种种矛盾在他们身上糅合成一种独到的气质。

在研究民国史的这些年，我时常被那时的人身上的这种气质所打动，于是决定写这本书。

　　《世事如书，我只爱你这一句》诠释了民国时期二十对眷侣的爱情故事，这本书里不只有甜蜜和美满，也写了爱情的琐碎和狼狈的一面。爱情不仅仅是"我只爱你这一句"，爱情也藏在了"世事如书"里。"事世如书"便是他们生活的酸甜苦辣，有激情和争执，也有琐碎与平淡。

　　理想的爱情，就像钱钟书和杨绛之间的爱情。钱钟书回忆起自己和杨绛的爱情时说，杨绛绝无仅有地结合了各不相容的三者：妻子、情人、朋友。在婚姻里，杨绛是妻子，支撑起他们的家庭；在精神上，杨绛是情人，给他爱情的甜蜜；在思想上，杨绛是最好的朋友，给他有益的建议。钱钟书与杨绛是幸运的，他们的一生一起经风浪、长相守。

　　钱钟书夸杨绛是"最贤的妻，最才的女"，背后是杨绛为人处世的淡泊、优雅。钱钟书像个斗士，横冲直撞中又带有一身孩子气，说话"毒舌"又任性；而杨绛更像是一位母亲，包容他的任性和天真。钱钟书把台灯弄坏了，杨绛修；墨水染了桌布，杨绛洗；每次出了事钱钟书望向杨绛，杨绛总是回答：

"不要紧。"

杨绛的淡然和优雅，令人钦慕不已。

然而，并非所有爱情都能这般完美。

沈从文年轻时，曾移情别恋爱上高青子；陆小曼吸大烟挥金如土，徐志摩为维持她奢华的生活只能疲于奔命；金岳霖并不是一生只爱林徽因，也曾有过两个女人；胡适更不是只爱江冬秀，他一生爱过的还有韦莲司和曹诚英；梁实秋在程季淑离世一年后，娶了女明星韩菁清。

既然爱情如此坎坷，为什么我们还用这个书名呢？只是为了粉饰爱情吗？

其实不然！张兆和晚年回首往事，不禁叹息对沈从文迟来的理解；陆小曼晚年素缟，整理徐志摩留下的遗稿，这也是一份厚重的爱意；金岳霖晚年有一天把朋友们聚到一起，说了一句："今天是林徽因的生日"，他对林徽因的那一份情意，永远留在了四月天；胡适晚年常说江冬秀是位好太太，太太说的话都要听；梁实秋也在晚年写下《槐园梦忆》，寄托对程季淑的思念之情。

一刹那的爱意，像是湖边吹来的微风，温柔细腻的潜入人心底深处，可以成为支撑一个人一生的信念，在困境中给予我们无穷的力量，值得我们回味一生。

因为爱过，所以珍贵。一刹那的爱意，可以永恒。

写这本书，如同翻开了一幅长卷，每个人的样貌都浮现出来，变得那么的清晰和立体，他们都在向我诉说着一段段往事。这些女子，有的如张爱玲那样在爱情中选择自我萎谢；有的如林徽因那样风华绝貌，一身诗意；还有的如萧珊那样为爱勇敢前行；又有的如陆小曼那样多才且任性。

美好的爱情无论何时都会有，而爱情带来的苦涩每个时代的人都无法逃避。

爱是人类永恒的话题，也是人类与生俱来的一种能力，更是我们每个人一生的修行。在物欲横流的现在，面对爱情、面对伴侣，当出现问题的时候我们总是想着换，而不是想着去磨合。所以我们才更要去回望历史，在历史中去寻找我们需要的力量。我们回望历史，当岁月流逝，那些故事和人也渐渐消失在长卷中，但那些动人的情话和人们对爱的追寻，却会一直留在泛黄的纸张上，一直流传着。

目 录

醒来觉得甚是爱你——001

朱生豪·宋清如

从今往后，咱们只有死别，再无生离——015

钱钟书·杨绛

我明白你会来，所以我等——029

沈从文·张兆和

因为懂得，所以慈悲——049

张爱玲·胡兰成

明月装饰了你的窗子，你装饰了别人的梦——065

卞之琳·张充和

你是燕在梁间的呢喃，你是人间的四月天——081

梁思成·林徽因

心里挂念一个人，从此便有一座城—— 095

金岳霖·林徽因

风华是一指流沙，苍老是一段年华—— 107

徐志摩·陆小曼

彪悍的婚姻，不需要解释—— 125

胡适·江冬秀

小白象与小刺猬，他们相拥而爱—— 139

鲁迅·许广平

你许我岁月静好，我还你现世安稳—— 153

巴金·萧珊

陪伴是最长情的爱恋，相守是最美好的婚姻—— 163

林语堂·廖翠凤

爱情和婚姻，就该是这般模样—— 175

梁实秋·程季淑

他们的爱情，如荷塘清风般淡雅——187

朱自清·陈竹隐

君对我情断义绝，我偏长出倔强花朵——199

徐志摩·张幼仪

生同眠，死同穴，生生世世都要在一起——215

吴文藻·冰心

你走，我当你没来过——229

徐悲鸿·蒋碧微

在你的生命中，我将孤独地老去——243

鲁迅·朱安

最好的爱情，便是我懂你——257

张伯驹·潘素

微风吹动了我的头发，教我如何不想她——267

赵元任·杨步伟

朱生豪·宋清如

醒来觉得甚是爱你

引语

朱生豪在给宋清如的信中写道："要是我们两人一同在雨声里做梦，那意境是如何不同，或者一同在雨声里失眠，那也是何等有味。"

　　朱生豪是谁，也许你会很陌生，那个时代涌现了许多大师，相比之下，英年早逝、作品以翻译作品为主的朱生豪并不是大众最熟悉的，但我想，一旦你了解他，你会爱上这个男人，他有一种令人无法抗拒的魅力。他写的情书堪称典范，那种文风我只在王小波的身上再次看见过。而朱生豪与宋清如夫妇的故事更是让人不禁唏嘘。

　　朱生豪，一九一二年二月二日出生于浙江嘉兴，成长于一个普通的商人家庭，朱家虽不是大富之家，但极其注重对子弟的教育。从小朱生豪的学习成绩就很好。在他十岁的时候，母亲病逝，两年后，父亲也病逝了，从此，朱生豪失去了来自家庭的温暖和支撑，他和兄弟姐妹只好由姑母照顾。

　　一九二九年，朱生豪中学毕业，以优异的成绩被保送到了杭州之江大学学习，享受奖学金，主修中国文学，辅修英文。在大学期间，他的才华得到了展现，老师和同学对他都非常欣赏。当时他参加了"之江诗社"，社长为词学大家夏承焘先生，夏先生称赞朱生豪的作品"爽利无比"，他说道：

> 其人今年才二十岁，渊默如处子，轻易不肯发一言。闻英文甚深，之江办学数十年，恐无此未易才也。
>
> 此子前途不可限量。

一九三三年，朱生豪从之江大学毕业，去往上海的世界书局英文部担任编辑，主要工作是编辑英汉词典。但他渐渐不满足于只做这项工作，两年后，朱生豪开始做一件事情，那就是翻译莎士比亚的戏剧，并从此一发不可收拾。朱生豪凭借自己精准的语感和深厚的英文功底，把莎士比亚的作品翻译出极高的艺术水准，这实属难得。

后来抗日战争爆发，在避战的过程中，朱生豪有不少手稿遗失和被烧毁，但这些都没有阻挡他的翻译热情。在他沉醉于莎士比亚作品的世界里时，他的生命中也迎来了一道光，这道光，就是宋清如。

宋清如，一九一一年出生于江苏常熟一户还算富裕的家庭，家境比朱生豪要好很多。和朱生豪一样，宋清如从小学习成绩优异，然而那时候家里认为女子无才便是德，给她定了一门亲事。对此宋清如曾大喊"我不要结婚，我要读书"，以示抗争。

她从小热爱诗歌，才华横溢。一九三二年，宋清如也来到了之江大学，因为同样热爱文学，于是她就有了与朱生豪碰面的机会。

在一次"之江诗社"的活动中，朱生豪第一次见到了宋清如。两人相见恨晚，很快就开始了书信往来。别看朱生豪身材瘦小，内向腼腆，言语笨拙，但他在情书里表达感情却真诚而火热，有人说他是"世上最会说情话的人"。下面这些动人的字句就摘抄自他写给宋清如的书信。

醒来觉得甚是爱你。这两天我很快活，而且骄傲。你这人，有点太不可怕。尤其是，一点也不莫名其妙。

我不是诗人，否则一定要做一些可爱的梦，为着你的缘故，我多么愿意自己是个诗人，只是为了你的缘故。

我是，我是宋清如至上主义者。

要是世上只有我们两个人多么好，我一定要把你欺负得哭不出来。

希望你快快地爱上一个人，让那个人欺负你，如同你欺负我一样。

但愿来生我们终日在一起，每天每天从早晨口角到夜深，恨不得大家走开。

我实在是个坏人，但作为你的朋友的我，却确实是在努力着学做好人。

我只愿意凭着这一点灵感的相通，时时带给彼此以慰藉，像流星的光辉，照耀我疲惫的梦寐，永远存一个安慰，纵然在别离的时候。

我爱你也许并不为什么理由，虽然可以有理由，例如你聪明，你纯洁，你可爱，你是好人等，但主要的原因大概是你全然适合我的趣味。因此你仍知道我是自私的，故不用感激我。

真愿听一听你的声音啊。埋在这样的监狱里，也真连半个探监的人都没有，太伤心。这次倘不能看见你，准不能活。

这种俏皮中带着真诚的语句我只在后来王小波写给李银河的情书里见过，有人看过朱生豪写的情书之后说道：

现在看来，沈从文是深情无措的稚子，鲁迅是温情别扭的硬汉，朱湘是温柔委屈的弱书生，徐志摩就是个自以为是的小白脸，跟朱生豪比起来，他们都差了一个等级啊。

朱生豪的情书里的一片真诚与痴情，深深打动了宋清如。试想在一个寒冬的夜晚，收到如此热情洋溢的情书，怎能不感到一股暖流淌入心间，又怎能不动心？

朱生豪在情书中对宋清如的各种爱称现在看来也甜蜜至极，比如：祖母大人、傻丫头、无比的好人、小亲亲、宝贝、宋宋、妞妞、小鬼头儿、昨夜的梦、宋神经、你这个人、女皇陛下……

而朱生豪更调皮的则是信末他自己的署名：一个臭男人、你脚下的蚂蚁、快乐的亨利、白痴、猪八戒、罗马教皇、顶蠢顶丑顶无聊的家伙、丑小鸭、你的靠不住的、常山赵子龙、牛魔王……

就在如此热烈的情感碰撞之下，两颗无畏的心慢慢靠近，他们除了用书信传递感情，还在学习上彼此帮助。然而在这份感情面前，宋清如还是一度退却了。她不是不够爱朱生豪，但当朱生豪向她表白时，她拒绝了。

宋清如内心渴望爱情和婚姻，但她又深深地恐惧着，她性格独立但又极度缺乏安全感，这段友谊在朱生豪眼里急需升华到婚姻的层面，而宋清如心想，从爱情到婚姻，自己真的准备好了吗？

一九四二年，两人的爱情长跑也已经持续整整九年了，朱生豪和宋清如都已过了而立之年，在那时算得上是标准的"大龄青年"了。在亲朋好友的催促下，两人也认为时机成熟了，为了将来的生活考虑，他们终于决定成婚。

五月一日，朱生豪与宋清如在上海举行了简单朴素的婚礼，在婚礼上，夏承焘先生为这对新婚伉俪题写了八个大字："才子佳人，柴米夫妻。"

随后他们便住到了宋清如位于常熟的家中。在此后的岁月里，朱生豪继续翻译莎士比亚的作品。

朱生豪沉浸在文字的世界里，生活的担子全落在了宋清如的身上，她每天洗衣做饭，后来经济紧张的时候还去帮工挣钱贴补家用，甚为辛苦，宋清如自己也说道："他译莎，我烧饭。"

一九四三年，朱生豪夫妇返回嘉兴定居，当时的战争局势已经非常糟糕，而朱生豪又不愿为日伪效力，所以他们的生活极为困苦。即使在这样的环境下，朱生豪依旧没有放弃自己热爱的翻译事业，朱生豪自己说道："饭可以不吃，莎剧不能不译。"这段时间，他完成了对《罗密欧与朱丽叶》《哈姆莱特》的翻译工作。

虽然翻译工作成效斐然，但毕竟莎翁著作庞杂，因此朱生豪和宋清如商量，希望她能帮忙一起来翻译，但宋清如以自己英文不好为由婉拒了。不过宋清如依然是朱生豪的第一读者，并且担任着校对、整理、装订的工作，夫妇二人搭档甚为默契。这时候他们的状态就像写作《围城》时的钱钟书杨绛夫妇一样。那时杨绛承担家务，只为让钱钟书潜心写书，写完之后杨绛又是第一读者。娶妻如此，夫复何求。

朱生豪心无旁骛地专注于翻译工作，沉重的负荷逐渐摧毁了他本就脆弱的身体。一九四四年六月，朱生豪被确诊为肺结核，就此卧床不起，这才不得不中断翻译事业。由于当时医药紧缺，朱生豪的病情没有得到很好的治疗，在这年的十二月二十六日，朱生豪病情加重，临终前他低声喃喃地呼唤着："清如，我要去了。"

说完，便撒手人寰。这一年，他才三十二岁，宋清如三十三岁，而他们的儿子朱尚刚，才刚满周岁。

一代英才，就此陨落。

事业未成，甚是可叹。

朱生豪虽然走了，但他的翻译事业可远没有结束。宋清如为了完成他的遗愿，面对那三十一部一百八十万字的手稿，选择了整理和继续，同时她还要抚养嗷嗷待哺的孩子。

朱生豪留下的手稿和怀里的孩子，就是宋清如活下去要完成的使命。

当一个人有了使命，她便有了无穷的力量。

这是一种信念。

最终，一九四七年，朱生豪生前翻译的莎士比亚作品陆续出版，这让宋清如宽心不少。但在生活上，宋清如依旧是一个人过着孤

苦的日子，这时候自然就有人希望她能再续一段婚姻，这样老来
也有人照顾，免得清苦，但宋清如都拒绝了。不过这中间还是有
些故事可讲，宋清如虽然最后并没有另嫁，但有过一段感情。

一九四九年，宋清如到杭州高级中学任教，当时学校的总务
主任骆允治是宋清如的大学校友，两人相处融洽。骆允治对宋清
如无论是工作上还是生活上都比较照顾，比如宋清如生病不能去
上课，骆允治就会去帮忙代课，这一点同校的师生都看在眼里。

一九五一年，宋清如生下一女，这年宋清如已经四十岁了。
对于这个女孩，宋清如的书稿里并没提及，甚至外界也讳莫如深。
比如宋清如曾写过回忆朱生豪的文章，编者在按语中写道："宋
清如女士，四十多年来，抚养唯一的儿子成人。"

这不知是宋清如的意思还是有其他不为人知的原因。其实宋
清如倘若真的与骆允治走到一起了，那也再正常不过了，没有任
何人能要求宋清如不能再嫁。而且两人也有过同居的生活，朱生
豪与宋清如的儿子朱尚刚在《诗侣莎魂：我的父母朱生豪、宋清如》
一书中说：

　　我记得有一段时间骆先生常常在课余和假日来看母亲，

后来，母亲怀了孕，并且于一九五一年暑假回常熟乡下生下了我妹妹。

这个女孩取名宋芳芳。后来想必是发生了一些事情，让两人决定分开，这个不圆满的结果让宋清如手足无措。骆允治无法给她一个名分，因为骆允治是有妻子的，他的妻子名叫毛玉碧，住在乡下。当时骆允治写信给妻子，希望能离婚，但毛玉碧并没有妥协，最后离婚之事不了了之。后来随着各种运动的到来，骆允治的命运跌落低谷，被下放到萧山劳动改造，于一九六七年病逝。

毛玉碧不妥协肯定是骆允治与宋清如没能走到一起的原因之一，但也许还有彼此性格不合，又或者是宋清如对朱生豪无法释怀的因素在，真实原因无从得知。但无论如何，这都是宋清如的选择。这样一来，似乎就能解释为什么宋清如对于女儿不愿多提。

关于宋清如的这段感情，朱尚刚说道：

骆允治和母亲那一段时间相处得很融洽，也曾考虑过今后走到一起的事。但是后来他们还是分手了，是什么原因母亲从来没有讲起过。

此后，宋清如离开了杭州高级中学，去往杭州师范学校，也算是离开这个是非之地。从此宋清如彻底封闭了自己的感情世界，把自己的晚年奉献给了文学，潜心整理朱生豪留下的手稿和未完成的翻译事业。

她只能从那早已泛黄的书信中，感受朱生豪的心跳和温暖。

有了爱，便无可畏惧。

一九七七年，六十七岁的宋清如回到了嘉兴，她时常一个人回忆与朱生豪生活的点点滴滴。在回忆起第一次与朱生豪相见的情形时，她说：

> 那时，他完全是个孩子。瘦长的个儿，苍白的脸，和善、天真，自得其乐地，很容易使人感到可亲可近。

一九八七年，人民文学出版社出版《莎士比亚全集》，里面收录了朱生豪翻译的三十一本剧本。而宋清如与朱生豪之间往来的书信，当时出版社也想出版，但宋清如表示了拒绝。后来出于对书信文学价值的考虑，宋清如答应出版书信集，这才有了《寄在信封里的灵魂》。

一九九七年六月二十七日，宋清如突发心脏病离世，享年八十六岁。

现在嘉兴市区禾兴南路七十三号朱生豪故居门口，还有一座朱生豪和宋清如雕塑，雕塑中的他们相拥在一起，彼此依偎，似乎是在喃喃细语，又像是在深情相望。他们就像一对神仙眷侣，望着诗意的远方，仿佛这个喧嚣的世界与他们无关。

这座雕塑的基座上有一句话，出自朱生豪曾写给宋清如的信，上面写道：

> 要是我们两人一同在雨声里做梦，那意境是如何不同，或者一同在雨声里失眠，那也是何等有味。

我在他们的故居看到这句话的时候，心里很受触动。身边的一位游客把这句话念了一遍，淡淡地说了一句，写得挺好的，就走开了。故居里的游客熙熙攘攘，他们指着宋清如的照片说，好漂亮，看了介绍才恍然大悟说，莎士比亚作品原来是相框里这个男人翻译的啊，了不起！

我在那雕塑旁伫立许久，不肯离去。只有懂得了历史，知晓了故事，去寻找一些历史的痕迹才有意义，也会触动更多的情感。

我一向不喜欢很热闹的景点，而喜欢去人烟荒凉的地方，或者去寻找某位大师生活过的故居，或者去寻找他们的墓地，带上一束花，以表达对惊扰他们的歉意。

一切都会过去，往事都消失在历史的长河里，我们的躯体也将归于尘土，寂静地躺在坟墓里。

一切的苦乐都是暂时的。唯有爱，才能永恒。

就如同朱生豪与宋清如，再也没有什么能把他们分开。

从今往后，咱们只有死别，再无生离

引语

钱钟书与杨绛，注定是要相遇的。

有的时候，人和人的缘分，一面就能定。

一九一〇年，钱钟书生于江苏无锡，十岁入东林小学，后来在辅仁中学读书，一九二九年考入清华。在清华的入学考试中，他的数学只考了十五分，但是国文和外语皆考了满分，按照当时清华的入学标准为正常入学，并非破格录取。

杨绛，本名杨季康，一九一一年七月出生于北京。她在家中排行老四，父亲杨荫杭是一位正直的知识分子，一直在政法系统内工作，她的母亲是位勤俭持家、教子有方的典雅妇人，杨绛后来回忆起自己父母的相敬如宾时说道：

　　我们姐妹中，三个结了婚的，个个都算得贤妻。我们都自愧待丈夫不如母亲对父亲那么和顺，那么体贴周到。

在这种家庭里长大的杨绛，身上自然有着知书达理的特质。

一九一七年，杨荫杭因得罪权贵被停职，于是杨家举家回到了无锡。亲友介绍了无锡的一处旧宅给杨荫杭，这处旧宅就是钱钟书家，虽然最后没有成交，但钱、杨两家此时已经有了往来。

后来杨绛随着家人迁往苏州，在振华女中读书。有个同学费孝通挺喜欢杨绛的，对她展开了热烈的追求。中学毕业后，杨绛一直想报考清华大学外语系。虽然那年清华大学开始招收女生，但是南方没有名额，心有不甘的杨绛只好选择报考东吴大学。在她大四那年，学校因学潮停课了，同学们便想着北上去燕京大学借读，杨绛心底还是想去清华，正好那时候费孝通已经在燕京大学念书了，他就很积极地接杨绛和同学们去燕京大学参加考试。考完了之后杨绛急着去清华大学看望老朋友，她的同学孙令衔正好也要去清华看望表兄，于是两人结伴而行，这位表兄就是钱钟书。

孙令衔和表兄叙完旧之后接杨绛同回燕大，表兄送了他们一程，这是钱钟书与杨绛第一次相见。初春的微风穿过古月堂，沁入少年少女的心。初次见面，杨绛看着眼前这位身着青布大褂，脚踏毛底布鞋，戴一副老式眼镜的风度翩翩的少年，心弦被微微拨动了一下。

钱钟书与杨绛，注定是要相遇的。

有的时候，人和人的缘分，一面就足够了。

后来两人再次见面，约在了清华大学工字厅。钱钟书说道："我没有订婚。"杨绛答："我也没有男朋友。"

对话就是这样直白，一旦遇到了自己心动的那个人，不需要太多的言语，从对方的瞳孔里，你会看到光。其实，当时钱钟书是有过婚约的，女方是叶公超的堂妹，不过两人互相没感觉，也就没有后文了。而杨绛呢，则有一个费孝通追在后面跑，并时常表白，自诩是杨绛的"男朋友"。

后来钱钟书与杨绛开始书信往来，一通起信来，两人便欲罢不能，基本上一天一封，到后来钱钟书要放假回家了，杨绛感到失落，直呼这是坠入爱河了。那时钱钟书对杨绛说，他志气不大，只想一生做做学问，杨绛觉得钱钟书与她志趣相投，两人甚是合拍。

钱钟书与杨绛都是无锡人，小时候见过面，只是印象不深而已。他们两个算得上是门当户对、珠联璧合，连杨绛的母亲都说："阿季（杨绛）的脚下拴着月下老人的红丝呢，所以心心念念只想考清华。"

一九三三年，钱钟书毕业了，两人面临第一次分别，虽然当时清华大学希望他留校，但钱钟书淡淡地说："清华无人可为我师。"正好那时候他的父亲在上海光华大学担任中文系主任，所以钱钟书就去了上海，在光华大学任教。而这时候的杨绛还没毕业，分离异地，只能把思念化作文字，两人书信往来越发频繁。尽管杨绛说自己不太爱写信，但钱钟书依旧写个不停，还写了不少情诗，比如下面这几首。

　　缠绵悱恻好文章，粉恋香凄足断肠。答报情痴无别物，辛酸一把泪千行。

　　依穰小妹剧关心，臀瓣多情一往深。别后经时无只字，居然惜墨抵兼金。

　　良宵苦被睡相谩，猎猎风声测测寒。如此星辰如此月，与谁指点与谁看。

　　困人节气奈何天，泥煞衾函梦不圆。苦雨泼寒宵似水，百虫声里怯孤眠。

钱钟书每天脸上洋溢着灿烂的笑容，他的父亲钱基博看在眼里，心中便有了打算。有一天他看到一封杨绛寄过来的信，才知道他们两个的关系已然到了谈婚论嫁的地步了。看到杨绛在信中写婚姻大事不能她与钱钟书认可就行，还须两家父母兄弟皆大欢喜，他们两人之快乐乃彻始终不受障碍，钱基博深觉杨绛知书达理，越发欢喜起来，不禁夸杨绛真乃性情女子。

两人谈婚论嫁的事也就此摆到了台面上来。双方家长本来就相识，于是就按照礼节为钱钟书与杨绛两人订了婚。双方家长挺开心的，倒是他们二人有点懵，明明是自由恋爱，到头来反像是父母之命，媒妁之言了，不过不管怎么说，这婚是这样订了。

一九三五年七月十三日，钱钟书与杨绛在无锡举行婚礼，一时间羡煞旁人，对于这对才子佳人的结合，胡河清曾赞叹：

> 钱钟书、杨绛伉俪，可说是当代文学中的一双名剑。
>
> 钱钟书如英气流动之雄剑，常常出匣自鸣，语惊天下；
> 杨绛则如青光含藏之雌剑，大智若愚，不显刀刃。

因为在婚前钱钟书以第一名成绩考取了英国庚子赔款公费留

学生，所以婚后他便带着杨绛同去游学。刚到英国，因为吃不惯房东做的饭，钱钟书日渐消瘦，杨绛只好到外面去找房子，然后置办厨具。有了厨房，杨绛就"卷袖围裙为口忙，朝朝洗手作羹汤"，两口子的生活倒也温馨甜蜜。多年后，杨绛回忆她与钱钟书的婚姻时不禁甜蜜地说道：

> 我已不记得哪位英国传记作家写他的美满婚姻，很实际，很低调。
>
> 他写道：我见到她之前，从未想到结婚；我娶了她十几年，从未后悔娶她，也从未想要娶别的女人。
>
> 我把这段话读给钟书听，他说：我和他一样。我说：我也一样。

钱钟书在学术上是满腹才情的大才子，但是在生活中却像是需要照顾的孩子，往往帮忙也成了帮倒忙，因此家务就全落到了杨绛的肩上。而杨绛也确实上得厅堂，下得厨房，钱钟书时常弄坏家里的东西，每次都是杨绛来收拾。台灯坏了，修；墨水染了桌布，洗；每次家中物品损坏了，杨绛总是回答："不要紧。"嗯，不要紧，杨绛就是这么全能，所以钱钟书说她是"最贤的妻，最才的女"。

到了英国后，杨绛本打算进女子学院研修文学，但名额已满，于是她自修西方文学，经常往图书馆跑，两人甚至还比赛，看谁读的书多，读完两人还要相互点评一番。杨绛是这样说的：

> 作为钟书的妻子，他看的书我都沾染些，因为两人免不了要交流思想的，我们文学上的交流是我们友谊的基础，彼此有心得，交流是乐事、趣事。

一九三七年五月，钱钟书与杨绛的女儿钱瑗在牛津出生，小名阿圆，钱瑗的到来让钱钟书满是欢喜，他得意地说："这是我的女儿，我喜欢的。"七月，抗日战争爆发，此时的钱钟书虽身在国外却也心系祖国还有家人，但因钱瑗尚在襁褓之中，只好延期回国。

一九三八年九月，钱钟书夫妇乘坐法国邮船阿多士二号回国，出发前钱钟书已经答应清华大学文学院院长冯友兰的邀请回清华任教，但此时国内战事变幻，清华大学、北京大学和私立南开大学早已合并成了西南联合大学并且迁往了云南昆明，于是钱钟书只好从香港上岸，然后再乘船到越南，最后辗转到昆明，前往西南联大任英文系教授，一年后去往了蓝田国立师范学院任英文系主任。

杨绛则带着钱瑗继续乘邮船北上到上海，此时的钱杨两家人都已经到了上海法租界避难。抗战期间本来生活条件就艰苦，吃还好，住的话那就是得挤在一起。杨绛虽然有点不自在，但倒也和和气气地与钱钟书的家人相处，获得钱家老小一致好评，钱父大呼老钱家得福。

一九四一年夏，钱钟书从蓝田国立师院辞职回到上海，准备度过暑假后重返西南联大任教，却因聘书迟迟未送到而未能成行，十二月一日珍珠港事件爆发，上海沦陷，钱钟书无法离开，只好留在了上海，随后任教于震旦女子文理学校。

一九四二年年底，钱钟书对杨绛说："我想写一部长篇小说，你支持吗？"杨绛甚是欢喜，说那就写吧，这部小说便是《围城》。每次钱钟书写完一章，杨绛就忍不住立刻拿来读，读完又催他赶紧写。在《围城》里，可以看出钱钟书在战争环境中的困顿和压抑。抗战结束后，《围城》出版，一时引起热议。钱钟书在序中说："这本书整整写了两年，两年里忧世伤生，屡想中止。由于杨绛女士不断的督促，替我挡了许多事，省出时间来，得以锱铢积累地写完，照例这本书该献给她。"

而另一部短篇小说集《人·兽·鬼》问世时，钱钟书也特意说道："赠予杨季康：绝无仅有地结合了各不相容的三者：妻子、情人、朋友。"

杨绛既是一位勤恳的妻子，又是一位懂他的情人，更是能帮助他的朋友，这实属难得。

杨绛对钱钟书的宽容和保护还能从一些小事上看出来，比如后来住在清华的时候，钱家的邻居是梁思成与林徽因家。那时候钱钟书养了一只小猫，林徽因也养了一只猫，两家的猫经常打架，钱家的猫太小，常常受林徽因家的猫的欺负，于是钱钟书特备长竹竿一根，将其置于门口，不管多冷的天，听见猫儿叫闹，就急忙从热被窝里出来，拿了竹竿，赶出去帮自己的猫儿打架。

杨绛担心丈夫为猫而得罪人，便引用他自己的话劝他："打狗要看主人面，那么，打猫要看主妇面了！"示意他那只猫可是林徽因的猫，不要伤了两家的和气。可钱钟书顾不上这些，照打不误，还说："理论总是不实践的人制定的。"哈哈，看吧，钱钟书就是这样心直口快，坦然得像个老小孩，每次都是杨绛替他处理一些人情世故上的问题。

一九七〇年，钱钟书和杨绛也响应号召下干校，那时的他们哪怕劳动再忙、身体再疲惫，也不忘去看对方一眼，说上几句话，据郑土生后来回忆：

> 我们的干校在河南信阳的息县，我和杨先生分在菜园班，钱先生一开始被分去烧开水，但他老是烧不开，后来专门负责去邮电所取信。
>
> 钱先生经常借着到邮电所取报纸、信件的机会，绕道来菜园，隔着小溪和杨先生说几句话。

好在这段下放干校的时间不长，一九七二年三月，他们回到了北京，住进了北京师范大学的教职工宿舍。那里的环境并不好，蚊虫多，再加上钱钟书有哮喘病，有次因为打扫卫生时吸入了过多的尘土，而被送往医院，抢救了四个小时才转危为安。这些艰难的日子里都是杨绛在身边照料他。

后来他们又住到了三里河新盖的国务院宿舍，一家人这才安定下来。女儿钱瑗陪伴在父母身边，钱瑗生性活泼，看人看事也很准，有次钱钟书在家改卷子，让钱瑗帮忙记成绩，钱瑗就对钱钟书说：

"爸爸，英若诚跟吴世良要好，他们是朋友（男女朋友）。"

钱钟书问："你怎么知道？"

钱瑗回答："全班学生的课卷都是用蓝墨水写的，只有他俩用的紫墨水。"

英若诚与吴世良的地下情就这样曝光了，最后他们也有情人终成眷属，他们的儿子就是著名喜剧导演英达。

然而调皮又可爱的钱瑗命运困苦，她的第一任丈夫王德一，在那个十年开始后，不断地遭到批斗，最终不堪受辱自杀身亡。直到一九七四年，钱瑗才与第二任丈夫杨伟成组成了新的家庭，过上了温馨的生活。然而，天不假年，一九九五年，钱瑗开始出现咳嗽的症状，后来是腰疼，当时她没有太在意，以为是挤公交造成的，直到走路都困难时才到医院检查，被确诊是脊椎癌。钱瑗生病时也正好赶上她父亲钱钟书生病，于是，杨绛要同时照顾两个人，其辛劳可想而知。

有一天，杨绛去看钱瑗，因为之前每次打电话，钱瑗都是嘻嘻哈哈的，因此她以为女儿的病不会重到那个地步，但是，这一次，看到女儿在病床上连翻身都困难，她明白了女儿病情的严重，心痛不已。

女儿的心里也明白。

她看着女儿，女儿看着她。

她们都不知道说什么，一句话都没有。

一九九七年三月四日，钱瑗在安睡中去世了。周围的人不敢把这个消息告诉钱钟书，只能假装钱瑗一切都好。最后钱钟书知道后悲痛万分，不能言语，但他也理解杨绛心里的苦。

后来杨绛说："我要写一个女儿，叫她陪着我。"钱钟书点头表示同意。

一九九八年十二月十九日，钱钟书病逝。杨绛接连失去了女儿和丈夫，悲痛之余她开始写往事，于是有了《我们仨》这本书，她在扉页上写了这样一句话：

我一个人思念我们仨。

每次读《我们仨》，我都会感动不已，就像看一位老者拿笔绘制一幅幅日常生活中家人相处的画面。温馨的美好的一家人，一些日常的琐事，虽然平常，却也饱含温情。杨绛这样感叹道：

世间好物不坚牢，彩云易散琉璃脆，家在哪里，我不知道，我还在寻觅归途。

没有了爱的人，便也没有了家，独居的杨绛先生从此深居简出，鲜少见客，但有例外。有一次社会学家费孝通来拜访杨绛先生，他曾在年少的时候疯狂追求过杨绛，多年来两人虽无爱情但也是老友一场，谈话之余难免触景生情。离别之际，杨绛先生望着费孝通踽踽走下楼梯时淡淡地说："楼梯不好走，你以后再不要知难而上了。"

一语双关，费孝通也只好点头答应。

杨绛先生每天整理手稿写写字，独居多年。岁月带走了她的亲人，却给了她一个精神家园，在那个家园里，他们一家人，永远不分离。

杨绛先生曾翻译过英国诗人兰德的一首诗，并以此自况：

我和谁都不争、和谁争我都不屑；

我爱大自然，其次就是艺术；

我双手烤着生命之火取暖；

火萎了，我也准备走了。

沈从文·张兆和

我明白你会来，所以我等

引语

　　他（沈从文）把信放在胸前温了一下，然后塞进口袋里，手紧紧地抓住了它，仿佛生怕它会飞走似的。他说："三姐的第一封信——第一封。"接着吸溜吸溜地哭了起来，快七十岁的老头像一个小孩子哭得又伤心又快乐。

一九二九年，上海，吴淞中国公学，一名男子站在讲台上。他看着下面坐满了人，原来精心准备的开场白却一字都说不出来，就这么呆呆地站了十分钟。学生们就这样看着他，就像看一个羞涩的小孩子一样，他们窃窃私语。也许是意识到了自己的失态，那名男子背过身，提笔在黑板上写道：

第一次上课，见你们人多，怕了。

学生们哄堂大笑，他们不是笑老师胆怯，而是觉得他很可爱，用笑声宽容了他的惶恐。

这位老师便是沈从文。

这是他第一次讲课，这年他由校长胡适聘请来校任教，主讲现代文学选修课。他没有任何背景，只有一张小学文凭，胡适看

中的只有他的才华。这种情况在现在看来是不可想象的，也可见
当时学界开放的胸襟。为了这次讲课他还买了件新衣服，为了不
迟到，又特意打了辆黄包车来学校，而这次讲课的报酬还不够付
车费，可见他内心的激动和对这次机会的重视。后来胡适听说了
沈从文在这堂课上发生的尴尬事之后便说："上课讲不出话来，
学生不轰他，这就是成功。"

　　在这次课上，有一个英语系的女生慕名前来听他的课，坐在
某个角落。她也许抬头看过这位胆怯可爱的老师，并像其他同学一
样笑了笑。这个"额头饱满，鼻梁高挺，秀发齐耳，下巴稍尖，轮
廓分明，清丽脱俗"的女生就是张兆和，她是学校公认的校花，因
为皮肤黑，男生都喊她黑牡丹。那时追求她的男生很多，她还调皮
地把给她写情书的男生编号，如"青蛙一号""青蛙二号"等，
还真是调皮。

　　她把这些情书保存起来，却一封都不回。她出身名门，父亲
张武龄是位富商，同时也关注教育，和蔡元培、胡适等人关系密切，
家里四位女儿分别取名为元和、允和、兆和、充和。四姐妹此后
在各自的领域里都有建树，都非常了不起，叶圣陶说："九如巷
张家的四个才女，谁娶了她们都会幸福一辈子。"

沈从文与张兆和，一个是来自湘西宁静的凤凰小城，行伍出身，有才华却自卑，一个是名门之后，家境优越但也孤傲。在遇见之前，这是两个世界中过着两种生活的人，奇妙的缘分将他们从此联系在了一起。

命运是很古怪的东西，把大千世界本来无法遇见的人联系在一起，无论是贫富悬殊还是相隔万里；缘分是很奇妙的红绳，让我们遇见形形色色的人，有些人让你讨厌到难以忍受，也有些人让你一见如故，无论如何，遇见就是缘，是缘就要珍惜。

沈从文这个从乡下走出来的男子遇见清秀典雅的张兆和，便爱得一发不可收拾，他按捺不住内心狂热的爱慕。他把爱慕之情化作情书，第一封情书的开头就直白地写道：

不知道为什么，我突然爱上了你！

收到一封这样的情书，是什么感觉？也许会怦然心动，也许会惴惴不安。如今我们有了许多沟通工具，但再也找不回那种怦然心动的感觉。想象一下：在夜深人静之时，爱慕你的男生被相思折磨得辗转反侧夜不能寐，只能把绵延的情感化作一字一句的情书，他冷得打哆嗦，搓搓手哈口气之后继续写，他会为了写上一句动人的句子翻遍诗集，会为了一个桥段看遍经典电影。在爱情中，再呆板的男生也会化作浪漫的诗人，也许他会写着写着突然发笑，笑得羞涩又温柔，他从思念与渴盼中获得了幸福。

沈从文在给张兆和的情书里写道：

> 我总是爱你你总是不爱我，能够这样仍然是很好的事，我若快乐一点便可以使你不负疚，以后总是极力去做一个快乐人的。

> 每次见到你，我心上就发生一种哀愁，在感觉上总不免有全部生命奉献而无所取偿的奴性自觉，人格完全失去，自尊也消失无余。明明白白从此中得到是一种痛苦，却也极珍视这痛苦来源。

在信中，沈从文把自己放在卑微的位置上，他对情感的表达暧昧而不庸俗，骚动却也真诚，后来沈从文的朋友看到这些情书时大为赞叹："这个情书才叫真正的情书，我从来没见过这样好的情书。"

收到如雪花般飘过来的情书，张兆和又惊又喜又惶恐。她也倾慕沈从文，要不然不会去旁听他的课，但对他还谈不上喜欢，而是欣赏的成分更多。

更重要的是，张兆和是沈从文的学生，沈从文还年长她八岁。她心理上还是越不过师生恋这世俗的鸿沟。

沈从文这只十三号"青蛙"使尽浑身解数穷追不舍，张兆和不理不睬，视而不见。这件事在学校里闹得沸沸扬扬，沈从文还一度嚷嚷着要自杀。这让张兆和没了主意，该怎么办呢？惶恐中她想到了校长胡适，于是张兆和抱着一沓情书去找胡适告状，原以为胡适会安抚她，并答应好好管教沈从文，让他收敛点，没想到出现的是这样一种情形。

张兆和："你看，他是我的老师，写这样的信给我算什么样子？"

胡适："沈从文没有结婚，他追求你是可以的，你同不同意也是你的自由，我觉得沈从文文章写得挺好，挺有前途的，你们可以通通信嘛，看样子他顽固地爱着你。"

张兆和："可我顽固地不爱他。"

这场谈话让张兆和更加气愤，原以为校长即使不大发雷霆，

至少也会为自己主持下正义吧，哪晓得他还这么调皮地想来结个
百年之好，张兆和气愤地拿起信就走了。

胡适虽说这样调侃式地应付了张兆和，却也还是给沈从文写
了封信，打了预防针："这个女子不能了解你，更不能了解你的爱，
你错用情了，不要让一个小女子夸口说，她曾碎了沈从文的心。"

但正陶醉在爱情中的沈从文哪能听得进逆耳忠言呢？倔脾气
的他情书照写不误。从胡适办公室失落走出的张兆和在日记中
写道：

> 胡先生只知道爱是可贵的，以为只要是诚意的就应当接
> 受，他把事情看得太简单了，被爱者如果也爱他，是甘愿的
> 接受，那当然没话说。他没有知道，如果被爱者不爱这献上
> 爱的人，而只因他爱的诚挚就勉强接受了他，这人为地，非
> 有两心互应的永恒结合，不但不是幸福的设计，终会酿成更
> 大的麻烦与苦恼。

张兆和对于爱的理解是对的，爱是双方的，需要灵魂的契合，
爱就是爱，不爱就是不爱。爱不是感动，不是单方面的付出，当
爱掺杂了太多的不平等时，这份爱也就不再能给相爱的人带来

快乐。

张兆和面对沈从文的狂热追求，冷静中也有一丝悸动，再加上她原本就仰慕沈从文，因此张兆和想完全拒绝却下不了决心。

后来她又收到了一封信，这封信比较长，足足有六页，她的心理防线开始松动，她在日记里写道：

看了他这信，不管他的热情是真挚的，还是用文字装点的，我总像是我自己做错了一件什么事因而陷他人于不幸中的难过。

但他这不顾一切的爱，却深深地感动了我，在我离开这世界以前，在我心灵有一天知觉的时候，我总会记着，记着这世上有一个人，他为了我把生活的均衡失去，他为了我，舍弃了安定的生活而去在伤心中刻苦自己。

一九三〇年，沈从文要离开中国公学，希望在离开之前与张兆和有一个结果，因此才写了这封长达六页的情书。在信中，他情深意切地表达着自己的爱恋，张兆和的心理防线就这样被一点一点地打开，默许了彼此间的关系。

一九三二年七月，张兆和毕业，回到了苏州。沈从文那时候被杨振声邀请去了青岛大学当教授，便从青岛来到苏州张家探访，一是为了缓解一下相思之苦，二是有提亲之意。

盛夏的阳光照得人睁不开眼，树上的蝉鸣声此起彼伏，街上的行人少得可怜。他不安地来到张家大院门前，敲开了大门，得到的答复是三小姐不在家，请进来等一等吧。

沈从文并未进门，反倒是退到大门对面的墙边发愣，这时候刚好二小姐允和看到了沈从文并认出他来，便说三妹去图书馆看书去了，还请他进屋一坐。落寞的沈从文茫然失措，留下自己旅馆的地址就匆匆地走了。

当他回到旅馆正低落地望着天花板的时候，突然传来敲门声，开门一看，门外站着的正是自己苦苦思念的张兆和，他激动得说不出话来。

原来是沈从文的诚恳打动了兆和的二姐允和，待兆和回来之后，允和便要她去旅馆看望沈从文，最好能邀到家里一叙，理由就说："我家兄弟姐妹多，很好玩，请你来玩玩。"

张家人对他的包容态度让沈从文松了一口气，他便买了些礼物和张兆和一起去了张家。那段时间可以说是两人关系迅速升温，并成为最终确定下来的前奏。生性胆怯的沈从文并没有立马提亲，七天之后便回了青岛。一回青岛他就迫不及待地给张兆和写信，询问张父的态度。他在信中写道："如爸爸同意，就是早点让我知道，让我这个乡下人喝杯甜酒吧。"后来还让二姐允和去试探性地征求张父的意见，张父是个思想开明的人，在儿女的婚事上并没有强加干涉，便也欣然接受了沈从文。在得到父亲明确的答复后，二姐张允和欢喜地给沈从文发了封电报，就一字："允。"意思就是父亲允许了他与张兆和的婚事，后来张兆和怕他看不懂，又自己跑去加发了一封："乡下人，喝杯甜酒吧！"

一九三三年九月九日，沈从文与张兆和在北平的中央公园举行了婚礼。

沈从文四年的追求终于有了一个美好的结果。他们没有豪华的仪式，甚至连新房都简陋、寒酸，可他们相依相爱，这就足够了。

婚后，他们一起去了青岛。沉浸在新婚的幸福中的沈从文，创作力爆发，日后那本不朽的经典《边城》就是在这段甜蜜的时间内定稿的，小说里那"黑而俏丽"的翠翠，便是以张兆和为原型的。

对于每个读过《边城》的人来说，湘西那个凤凰小城，便是令人向往的世外桃源，大多想去凤凰的人，心里都有一座"边城"，还有一个叫翠翠的姑娘。

后来因为母亲生病，沈从文回了一趟湘西。在路上，他又给张兆和写了许多情书，张兆和也愉快地回信，信中沈从文叫张兆和"三三"，而张兆和叫他"二哥"。这些信后来结集出版，这便是我们现在看到的《湘行书简》。

抱得女神归的沈从文丝毫不掩饰自己的欢喜，就像是一个孩子，热烈而真诚。张兆和面对沈从文也不再是孤傲的女神，她慢慢放下身段，从高处走了下来，把曾经的矜持相待变成了婚姻中的平淡相守。

当美好的恋爱回归了生活，一切都将不可避免地走向平淡。面对家庭主妇这个角色，张兆和是焦虑不安的，却也很快适应了。相反，沈从文却希望她一直保持着高傲的姿态，这样才能满足他作为一个男人内心的虚荣。张兆和面对这样的沈从文，在信中写道：

> 不许你再逼我穿高跟鞋烫头发了，不许你用因怕我把一双手弄粗糙为理由而不叫我洗东西做事了，吃的东西无所谓好坏，穿的用的无所谓讲究不讲究，能够活下去已是造化，我们应该

怎样来使用这生命而不使他归于无用才好。我希望我们能从这方面努力。一个写作的人，精神在那些琐琐外表的事情上浪费了实在可惜，你有你本来面目，干净的，纯朴的，罩任何种面具都不会合适。你本来是个好人，可惜的给各种不合适的花样给 Spoil（变质、损坏）了……

当憧憬的美妙成了柴米油盐，一切都让人感到失落。沈从文在生活上就像一个孩子，任性而骄纵。他喜欢收藏字画，为这项爱好花费颇多，张兆和呵斥他"打肿脸充胖子"。沈从文还把张兆和的一个玉戒指给当了，用当得的钱买了字画，这让张兆和气愤不已。

张兆和发现，她并不了解眼前的这个男人，两人在生活习惯上有着巨大的差异，几乎无法契合，这对一段婚姻来说是个灾难。

张兆和也爱美，但还是把担起生活的重担放在了第一位，正如她所说的："家里谁都不节俭，事情要我问，我不省怎么办？"她必须维护好坚强的外壳，支撑起刚组建不久的新家庭。

不久，在这段缺乏理解和契合的婚姻中，出现了另一个人，那就是高青子。一九三五年的一天，沈从文因事去拜访他的同乡、曾任国务总理的熊希龄，那天熊希龄不在，由作为熊家家庭教师的高青子出面接待。高青子是沈从文的忠实读者，初次见到这位享誉全国的作家难掩兴奋之情。高青子还特意穿成了沈从文小说中女主人公的样子，两人聊得甚是开心，沈从文曾这样剖析他当时的情感状态：

> 我真的放弃了一切可由常识来应付的种种，一任自己沉陷到一种感情漩涡里去。

男女之间暧昧的情愫暗流涌动，热烈而让人目眩神迷。高青子很美，张兆和也不否认，但这不是沈从文爱上她的理由，他说他在高青子那里得到了慰藉和理解，这让沈从文沉沦了下去。

沈从文难以忍受这份不伦之恋带来的煎熬，便向张兆和坦白了，很自然张兆和生气回了娘家，这让沈从文焦虑无比。这时候他想到了一个人，那就是林徽因，于是他便赶紧跑到了梁家，向林徽因讲了整件事的经过。对于沈从文这场精神上的出轨，林徽因评价道：

他的诗人气质造了他的反，使他对生活和其中的冲突迷茫不知所措。

沈从文为自己辩解说，他对高青子的感情与自己的婚姻不冲突，他依然深爱着妻子和孩子，其实他的内心煎熬得很。林徽因耐心地开导沈从文，并建议他去找有着理性思维的哲学大师金岳霖谈谈，希望能解此结。可这世间的情爱，又怎能轻易解开呢？

一九三七年，抗战爆发，沈从文和许多知识分子一样，向南方转移，去了当时被称为民族最后的文化血脉阵地的西南联大教书，而张兆和留在了北京，照顾两个年幼的孩子。

两地分居的生活、琐碎的家务事代替了之前的风花雪月、浪漫缠绵。张兆和在北京，带着两个孩子，在乱世中生活得并不容易，甚至可以说是窘迫，她的唠叨和怨恨便也不时抛向沈从文，她对沈从文发泄说他以前不懂节俭，打肿了脸充胖子，不是绅士而冒充绅士，以前的阔绰造成了今天的艰苦。

一九三八年，沈从文与高青子在昆明相遇，沈从文还把高青子介绍到了西南联大图书馆工作，两人之间的流言蜚语一时间传得沸沸扬扬，作家孙陵曾说道：

> 沈从文在爱情上不是一个专一的人，他追求过的女人总有几个人，而且，他有他的观点，他一再对我说：打猎要打狮子，摘要摘天上的星子，追求要追漂亮的女人。

身边好友不忍心看沈从文犯错，有的人热心地给高青子介绍对象，比如翻译家罗念生就是其中的人选，但没有成功，罗念生最后娶了马宛颐。

心已动，情已移，这段恋情终究像是一道云烟，在沈从文的世界里散了开去。高青子后来嫁给了一个工程师，沈从文发乎情止乎礼，回到了张兆和的身边，直到晚年，沈从文才写下颇有忏悔味道的小说《主妇》。

张兆和面对此时的沈从文，内心自然会有一道隔阂，沈从文心知肚明。他觉得张兆和不爱他了，不愿和他在一起了，还处处躲着他，甚至嫌弃他，沈从文的自卑情绪一直笼罩着他。以前，沈从文的手稿张兆和会经常看，有时还会动笔修改，如今张兆和冷漠了不少。这让沈从文一直很不适应，也感到了沉重的压力，他的表侄黄永玉曾说：

> 沈从文一看到妻子的目光，总是显得慌张而满心戒备。

他是那样不自信，还说如果张兆和爱上了别人可以自由地走。

他的不自信让他患上了忧郁症，后来他回到了北京，在清华园疗养，时间有两个多月。在他最需要张兆和照顾的时候，她并没有去陪伴他，甚至没有去看望他。张兆和的不理解让他们在婚姻的路上走得很艰辛。新中国成立后，沈从文面临他人生即将到来的考验，他受到来自文化界的批判，境遇更加悲惨，众人的冷漠目光，还有妻子对他的责骂，让沈从文无心创作，只好转去做文物研究。

张兆和也已经不是当年那个清秀端庄的黑牡丹了，她是妻子，是两个孩子的母亲，岁月早已把她磨炼成了整天和柴米油盐打交道的妇人。她要为生计着想，为孩子的未来着想，从小衣食无忧的她如今要面临生活的艰难，这让她难免心生怨恨。

在这种双重的压力下，沈从文想到了自杀。他在家里喝下煤油，割开自己的手腕，幸好被张兆和的堂弟发现并送到了医院抢救，可他真的受不了这个世界了。

一九六九年，张兆和已经被下放到湖北咸宁，而沈从文也作为"反动文人"要被下放改造。离开前二姐张允和去看望过妹夫沈从文，后来她回忆道：

> 我看望完他正要离开的时候，他喊住我说道："莫走，二姐，你看！"只见他从鼓鼓囊囊的口袋里掏出一封皱头皱脑的信，又像哭又像笑地对我说："这是三姐（他也尊称我三妹为'三姐'）给我的第一封信。"他把信举起来，面色十分羞涩而温柔。
>
> 我说："我能看看吗？"
>
> 沈二哥把信放下来，又像给我又像不给我，把信放在胸前温一下，并没有给我，又把信塞在口袋里，这手抓紧了信再也不出来了。
>
> 我想，我真傻，怎么看人家的情书呢，我正望着他好笑。忽然沈二哥说："三姐的第一封信——第一封。"
>
> 说着就吸溜吸溜哭起来，快七十岁的老头儿像一个小孩子哭得又伤心又快乐。

一九八五年，沈从文接受一个记者的采访，说到"十年"时期打扫女厕所的事。他自嘲地说，我在政治上不可靠，但道德上相当可靠，我打扫的女厕所之干净，没有任何一位女士不满意！听完后那女记者忍不住对他说："沈老，您真是受委屈了！"她没想到的是这位当时已经八十三岁的老人，竟然抱着她的胳膊，号啕大哭起来。

老了的沈从文确实越发像个孩子，他对张兆和的不舍如同孩子依赖母亲一样。在沈从文患病的五年里，他一时不见她便要呼唤，而她，总能飞快地回到他身边。

三年后的一九八八年五月十日，沈从文因心脏病复发离世。

他这一辈子，走过很多地方的桥，也看过许多次的云，喝过许多种类的酒，见过形形色色的人，终于，他还是回到了原处，葬在了他的故乡——凤凰。

> 一个士兵要不战死沙场，便是回到故乡。

这句话是由黄永玉先生题写的，镌刻在他墓前的石碑上，这也是他一生的写照。他坟地的对面是一个悬崖，崖上蓬勃地生长着大丛的虎耳草，对于他的爱人张兆和，他将生生世世守望她。生前与这位二哥关系很好的四妹张充和也给他写了一副挽联：

不折不从，亦慈亦让

星斗其文，赤子其人

他走了，也许带着遗憾。许多年后，他的妻子也渐渐理解了他。张兆和的晚年致力于整理沈从文的作品和书信，在整理完《从文家书》后，张兆和在后记里写下了这一段话：

六十多年过去了，面对书桌上这几组文字，我不知道是在梦中还是在翻阅别人的故事。从文同我相处，这一生，究竟是幸福还是不幸？得不到回答。

我不理解他，不完全理解他。后来逐渐有了些理解，但是，真正懂得他的为人，懂得他一生承受的重压，是在整理编选他遗稿的现在，过去不知道的，现在知道了；过去不明白的，现在明白了。他不是完人，却是个稀有的善良的人。

晚了，一切都晚了，她懂了，但他早已经走了，一切都已经没有办法重新来过。二〇〇三年的春天，张兆和也溘然长逝，一切都将归于尘土。

在爱情的世界里，又有几人不带有一丝遗憾与歉疚？完美终究是稀少。终其一生，我们会经历种种诱惑与磨难，也会做出不一样的选择，但在爱情这个命题上，理解和包容真的很重要，如果当时张兆和能多理解沈从文一些，多给他一些温暖，即使人生坎坷，但相偎相依走过一生，日后回忆往事，也会得到更多慰藉吧。

张爱玲·胡兰成

因为懂得，所以慈悲

引语

张爱玲说："见了他，她变得很低很低，低到尘埃里，但她心里是欢喜的，从尘埃里开出花来。"

张爱玲的祖父张佩纶，是晚清时期的重臣，祖母李菊耦是李鸿章的长女，显赫的家世让她有"最后的贵族"之称。张爱玲的父亲张廷重性格有些古怪，是名不折不扣的纨绔子弟，这点造成了张爱玲的成长环境与外界格格不入，童年布满阴影。

一九二〇年，张爱玲出生于上海，家里为她取名张煐，一年后，她有了一个弟弟张子静。张爱玲的母亲黄素琼是大家闺秀，长相很美，但与她的父亲张廷重性格不合，两人时常吵架。黄素琼无法忍受张家这种压迫窒息的环境，渴望独立和自由，于是在张爱玲四岁的时候，黄素琼和小姑张茂渊一起出了国，改名黄逸梵，游历欧洲，从此与张家无关，她就是她自己。这一年，黄素琼二十八岁。

从此以后，张爱玲只能和弟弟相依相伴。

母亲离开时张爱玲与弟弟都还年幼，并不知道母亲的离开意味着什么，而且还能时常收到母亲寄来的礼物，姐弟俩倒也开心。
就这样，日子一天天过去，尽管家里存在着重男轻女的思想，张
爱玲的生活倒也不至于阴云密布，然而她不知道，一大片乌云正
朝着她飘过来。

一九二八年，张爱玲的父亲张廷重因受到牵连丢官，只好辞
去浙江温州职务回到了上海。仕途失意再加上他自己的生活作风
一向为人诟病，让他有了改过自新的想法。他决定戒掉鸦片，并
写信给远在欧洲的妻子，希望她能回国，在子女的教育中发挥母
亲应有的作用，也希望这个摇摇欲坠的家庭不要走向支离破碎。
不知是深受感动还是母性使然，黄逸梵选择了相信丈夫，返回国内。
但不久她发现，自己依旧会忍不住和张廷重争吵，特别是在面对
子女教育的问题时，黄逸梵毕竟在欧洲游历四年，更倾向于让孩
子们接受新式教育，而张廷重是封建士大夫，他希望孩子们和他
一样接受旧式私塾教育。这一次，张爱玲的母亲铁了心要送张爱
玲去接受新式教育，据张爱玲自己回忆：

十岁的时候，为了我母亲主张送我进学校，我父亲一再
地大闹着不依，到底我母亲像拐卖人口一般，硬把我送去了。

张爱玲父母之间的婚姻走到了尽头，他们选择了协议离婚。黄逸梵搬出了宝隆花园洋房，在法租界租房住，张爱玲仍然随父亲生活。不久，黄逸梵带着一些陪嫁的古董，离开了中国，回到了英国。

一九三一年，张爱玲入读上海圣玛利亚女校。因为是寄宿制学校，所以她一周只需回家一次，我想，在学校的日子她是快乐的、自由的，但缺失的温暖，却也是无论如何都找不回来了。她画画、剪纸，把纸张做成卡片，挑出最美的，托她的姑姑寄给母亲。

母亲对她来讲既遥远又神秘，她只能把对母亲的思念化成文字写在纸上，于是她写了《不幸的她》。母亲离开一年后，她的父亲再婚，娶了国务总理孙宝琦之女孙用蕃。这桩婚事能成不是因为她的父亲有多优秀，这位孙小姐闺龄二十六未嫁，未嫁原因是抽鸦片。两人在牌桌上烟云雾绕几圈之后，彼此情投意合，便成婚了。这件事情给张爱玲幼小的心灵带来了不小的创伤，她自己回忆说：

> 我姑姑初次告诉我这消息，是在夏夜的小阳台上。我哭了，因为看过太多的关于后母的小说，万万没想到会应在我身上。

我只有一个迫切的感觉：无论如何不能让这件事发生。如果那女人就在眼前，伏在铁栏杆上，我必定把她从阳台上推下去，一了百了。

当然那时张爱玲说这话是孩子气，这位后母也没有那么阴险凶恶，但这的确让张爱玲无法接受。从父母感情失和到离婚，再到父亲再婚，幼小的她经历了太多，或许她敏感冷漠性格的形成就与此有关。

父亲的再婚并没有收获幸福，他与孙用蕃最多的交流就是抽鸦片。张廷重与孙用蕃抽鸦片需要花费巨额费用，于是只能降低张爱玲姐弟俩的生活品质，张爱玲在散文《童言无忌》里写道：

> 有一个时期在继母治下生活着，拣她穿剩的衣服穿，永远不能忘记一件黯红的薄棉袍，碎牛肉的颜色，穿不完地穿着，就像浑身都生了陈疮；冬天已经过去了，还留着冻疮的疤——是那样的憎恶与羞耻。一大半是因为自惭形秽，中学生活是不愉快的，也很少交朋友。

生活品质的降低还可忍耐，真正让张爱玲决心与父亲决裂的事情是高中毕业后，她想去往英国留学，但父亲不舍得花钱，于是拒绝了她。母亲黄逸梵听闻后回国，希望能与张廷重协商，但张廷重一直没搭理。其实黄逸梵在国外的日子也不好过，只能靠变卖古董过日子，由她来资助张爱玲留学也很困难，因此只能找张廷重。这时候后母孙用蕃看不下去了，觉得自己的地位受到了威胁，还对黄逸梵冷嘲热讽了一番。

张爱玲赌气，去母亲那边小住了半个月，回家的时候孙用蕃趁机嘲讽，最后还给了张爱玲一巴掌。张爱玲当场就被打懵了，完全不知道怎么回事，可孙用蕃却恶人先告状说张爱玲打了她。张廷重不分青红皂白就对张爱玲一顿拳打脚踢，嘴上还不住大骂，直到把张爱玲打得奄奄一息，保姆冲上去拉开。

家里人去向张廷重求情，也被骂了出来，张爱玲被囚禁在家中反省，她生病了，还是保姆偷偷给她打针才让她渡过难关。后来有一天趁着警卫换班，张爱玲逃跑了。重见天日后，她选择与自己的父亲断绝关系。

逃跑出来的张爱玲找到了母亲，母亲同意给她一笔钱，同时也给她两条路让她选择："要么嫁人，用钱打扮自己，要么用钱来读书。"张爱玲选择了读书。母亲原本安排她去伦敦大学，张爱玲也很努力地把握这次机会，她考了第一名，但因为战争的爆发，去英国的计划作罢。

一九三九年，张爱玲进入了香港大学读书，她的人生，开启了新的篇章。在那里她成为了张爱玲，她的才华、作品得到了认可；也是在这里，她认识了此生非常重要的挚友，一个阿拉伯人和中国人的混血儿，张爱玲给她取了一个中文名——炎樱。

张爱玲与炎樱的交往令她非常开心，两个人彼此亲密到无话不谈。随着战事吃紧，一九四二年夏，张爱玲与炎樱返回上海，开始了自己的文学之路，也正是回上海之后，张爱玲受到了更多来自文学界的关注，评论家柯灵帮助张爱玲把作品推荐给各大报纸杂志，一时间张爱玲炙手可热。这时候张爱玲又认识了一位好友，是当时一位知名女作家，名叫苏青，后来正是苏青牵线让张爱玲遇到了那个人。

那个人就是胡兰成，此时他正值命运的低谷。他因为得罪了汪精卫而入狱，后来又在日本人干预下出狱了。在他入狱之前就在苏青寄来的杂志上看过张爱玲的小说，读完大加赞赏，于是写信给苏青，询问这篇小说作者的一些情况，他默默地记下了作者的名字。后来经历牢狱之灾后，在南京休养期间还不忘看她的小说，对张爱玲好感倍增。

终于，胡兰成按捺不住内心的欣喜，从南京赶到上海，找到了苏青，希望能得到张爱玲的住址。苏青很清楚张爱玲的性格，她是不轻易见人的，不过还是把地址给了胡兰成。胡兰成兴冲冲跑去，结果吃了闭门羹，只好把自己的地址和电话写在纸上，从门缝中塞进去，希望能见上一面。第二天，胡兰成接到张爱玲的电话，电话中张爱玲说希望去拜访他，这让他大呼惊喜。

见面之后，张爱玲的形象出乎胡兰成的意料，没想到文笔才情出众的张爱玲年龄这么小，简直就是一个中学生的模样，而且个子还很高。那到底是什么让张爱玲决定拜访？是苏青的好意，是自己的心动，还是纯粹尽地主之谊？后人无从知晓。后来胡兰成也去回访张爱玲，两人相谈甚欢，颇有相见恨晚之感。这一次，胡兰成彻底被征服了，他自己回忆道：

她的房间竟是华贵到使我不安，那陈设与家具原简单，亦不见得很值钱，但竟是无价的，一种现代的新鲜明亮断乎是带刺激性。阳台外全是上海在天际云影月色里，底下电车当当的来去。张爱玲今天穿宝蓝绸袄裤，戴了嫩黄边框的眼镜，越显得脸像月亮。三国时东京最繁华，刘备到孙夫人房里竟然胆怯，张爱玲房里亦然像这样的兵气。

至此胡兰成一发不可收拾，三天两头往张爱玲那里跑，张爱玲忽然很厌烦，叫人捎去一张字条，说不要去看她了。张爱玲知道，这一次，自己已经动了情。眼前这个男人谈吐风趣、风度翩翩，与他相处让她感受到了一股春风拂面般的怡人，但张爱玲对于这种感觉感到害怕，童年的阴影挥之不去，让她焦躁不安，她只好选择请君自便。

胡兰成作为情场老手，明白张爱玲的退缩实则是女子爱人时的委屈使然，面对张爱玲的迟疑，胡兰成并不退缩，依旧上门谈笑风生，搞得张爱玲一时不知如何是好。后来有次胡兰成试探性地说起自己见过张爱玲的照片，很是喜欢，张爱玲便找到了那张照片，送给了胡兰成，她还在后面写了几句话：

> 见了他，她变得很低很低，低到尘埃里，但她心里是欢喜的，从尘埃里开出花来。

涉世未深的单纯少女张爱玲终究抵不过情场老手的步步为营，这一次，张爱玲选择了相信眼前的这个男人，哪怕他已有家室，哪怕自己与他政治立场有异，她也愿意放低自己的姿态，只希望能开出那朵花。

此后两人开始了正式的交往，胡兰成往来于南京、上海两地，
每次来上海小住的时候，两人便出双入对，俨然是热恋小情侣的
做派。很快，这些事情就传得风言风语，张爱玲自己是不在乎，
但胡兰成那边就搞不定了，他的妻子知道这些事情之后，决意跟
胡兰成离婚。

一九四四年八月，张爱玲和胡兰成结婚，没有宾朋满座的婚礼，
只有张爱玲的好友炎樱证婚。张爱玲与胡兰成在婚书上写道：

胡兰成与张爱玲签订终身，结为夫妇。
愿使岁月静好，现世安稳。

这一纸婚书，张爱玲看得极重，然而，那个在后面加上"愿
使岁月静好，现世安稳"的胡兰成并没有做到自己写下的诺言，
他辜负了张爱玲的爱。对于婚姻，胡兰成自己不怎么看重，基本
是碰到一个喜欢的就结婚，他自己也说："有志气的男人对于结
婚不结婚都可以慷慨。"

甚至后来胡兰成与苏青也走得很近。有次张爱玲去找苏青，
发现胡兰成也恰巧在，这让张爱玲很是恼火，从此对苏青淡漠了

起来。而胡兰成却以为张爱玲不介意她的花心，他还说："她想不到会遇见我。我已有妻室，她并不在意。再或我有许多女友，乃至挟妓游玩，她亦不会吃醋。她倒是愿意世上的女子都喜欢我。"

随着抗战胜利的局势日渐明朗，曾为汪伪政府效力的胡兰成自感命运堪忧，于是刻意与张爱玲保持距离，担心她受到牵连。当年他们没有办结婚手续，只是签订了一纸婚书，他的顾虑也在于此。胡兰成对张爱玲说："将来日本战败，我大概还是能逃脱这一劫的，就是开始一两年恐怕要隐姓埋名躲藏起来，我们不好再在一起的。那时你变姓名，可叫张牵，或叫张招，天涯地角有我在牵你招你。"

那时的张爱玲痴痴地以为眼前的男人会顾得上她，张爱玲甚至说："我恨不得把你包包起，像个香袋儿，密密的针线缝缝好，放在衣箱里藏藏好。"

很快，胡兰成离开上海去往湖北。果不其然，这个情场老手在汉阳医院勾搭了一个十七岁的小护士周训德，在他的生花妙笔下小周有着三月花事的糊涂，一种漫漶的明灭不定。小周也对胡兰成颇为倾心，两人不久就准备谈婚论嫁了。

一九四五年三月，胡兰成回到上海，把这件事告诉了张爱玲，张爱玲完全不知所措，最后只好任由他去，此后的张爱玲性情大变。而胡兰成此时正在逃命的路上，逃经温州时，他居然又勾搭了一个少妇型的女人范秀美，两人又是以夫妻相称。张爱玲知道胡兰成的行踪后，便也赶来了，这让胡兰成甚为尴尬，见面后胡兰成呵斥说："你来做什么？还不快回去！"

张爱玲只是想看看他，他却不耐烦地催着她赶紧走，生怕引起当局的注意，他担心极了自己的身家性命。

终于，张爱玲选择了离开。

那天，天下着雨。她在摇晃的小船里哭泣。

她后来在给胡兰成的信中写道：

> 那天船将开时，你回岸上去了，我一人在雨中撑伞在船舷边，对着滔滔黄浪，伫立涕泣久之。

这个男人，她是再也爱不得了，离别的时候，张爱玲只能自怜地说道："我想过，我倘使不得不离开你，亦不致寻短见，亦不能够再爱别人，我将只是萎谢了。"

此后，张爱玲与胡兰成依旧保持着书信往来，张爱玲还不断给胡兰成寄钱，甚至不惜拿出自己的稿费，并当了自己的金戒指，生怕胡兰成生活上受了委屈。后来胡兰成来到上海，他们见了一面，当胡兰成把他在路途中那些事都讲给张爱玲听的时候，张爱玲心灰意冷了。分别后的一九四七年，张爱玲给胡兰成写了一封信：

> 我已经不喜欢你了，你是早已经不喜欢我的了。这次的决心，是我经过一年半长时间考虑的。彼惟时以小吉故，不欲增加你的困难。你不要来寻我，即或写信来，我亦是不看的了。

随着这封信奉上的，还有她两部电影剧本的稿费三十万元，就当作分手费。

至此，两人分道扬镳。

当知道两人分手之后，张爱玲的好友炎樱不禁对胡兰成说道：

> 两个人于千万人当中相遇并且性命相知的，什么大的仇恨要不爱了呢，必定是你伤她心太狠。有一次和张爱[1]一起睡觉，张爱在梦中喊出"兰成"二字，可见张爱对你，是完全倾心，没有任何条件的，哪怕你偷偷与苏青密会，被她撞个正着。
>
> 还有秀美为你堕胎，是张爱给青芸一把金手镯让她当了

---

[1] 炎樱对张爱玲的称呼。

换钱用。这些，虽然她心头酸楚，但也罢了，因为你在婚约上写的要给她现世安稳的。

炎樱是他们的证婚人，她自然清楚他们的脾气和性格，她说："两个超自以为是的人，不在一起，未必是个悲剧。"或许她是对的。

此后张爱玲遇到了导演桑弧，两人合作颇为愉快，甚至身边的人也觉得他们甚为合适，但张爱玲却独自枯萎婉言拒绝，她恐怕自己是再也爱不起来了。

后来张爱玲去往香港，在那里她生活得并不如意，经济成为困扰她的生活的首要原因，当年她慷慨地给了胡兰成三十万元分手费，如今自己生活得孤苦。

一九五五年，张爱玲去往美国。有次在一个大厅，她看到一位老者在那里高谈阔论，吸引了一群人围观，她也好奇地走了过去。当看到老者那张脸的时候，她感到欣喜，她说这张脸好像写得很好的第一章，使人想看下去。她见到的这位老者名叫赖雅，是一位德国移民后裔。

这一年，赖雅六十五岁，张爱玲三十六岁。

两人相识之后，便愉快地交往了起来。赖雅年少时也是一位天才儿童，在文学上天赋异禀，他结过婚也离过婚，生性洒脱自由，浪漫又文雅。

不久，张爱玲发现自己怀孕了，她把这件事情告诉了赖雅，赖雅选择了向张爱玲求婚，但条件是这个孩子不能要。张爱玲同意了，原因是她自己也不喜欢小孩。于是炎樱帮忙找了一个私人医生，帮助张爱玲完成了这件事。

一九五六年八月，张爱玲和赖雅登记结婚。

他们婚后的生活并不宽裕，赖雅年事已高，生活不便，而张爱玲的作品也并没得到美国市场的青睐，好在赖雅鼓励她、体谅她，两人颇为相依为命之感。后来赖雅患病，张爱玲回到香港写稿，以赚取赖雅的医疗费。她在香港住在宋淇夫妇家里，拼命写的稿件最终没有得到她期望的肯定，张爱玲只好悻悻回到美国，她失望极了。

晚年的赖雅对张爱玲极度依赖，生怕她会离开，张爱玲只能疲于奔命，直到一九六七年赖雅去世。这一年，张爱玲四十七岁。那个体谅、依赖她的男人走了，从此，张爱玲只好孤身一人游荡，她开始了长达二十多年的独居生活，除了好友宋淇夫妇，基本上不见任何人，连出版社的人都见不到她一面。

别人想给她打电话必须先写信，她回信同意接电话才可以打。她每月要买几百美元的杀虫药，整个壁橱塞得满满的，她说是怕跳蚤咬坏她的衣服。她还不断地搬家，曾经在三年里搬了至少一百八十多次家。

张爱玲的晚年极度孤独凄苦，她畏惧所有人情世故，关起门来写小说，不断地写，将所有的人和事都写进去，所有的爱恨情仇全部化成文字，这才有了《小团圆》这部自传色彩极浓的小说。小说完成后，宋淇劝她不要出版，怕太多的人对号入座，引起不必要的麻烦，张爱玲接受了宋淇的劝说，小说直到二〇〇八年才首次在台湾地区首次出版。看懂了这本书，才能看懂张爱玲的一生。

一九九五年九月八日，张爱玲在纽约寓所去世，终年七十五岁。

张爱玲是位天才少女，她很好地践行了自己那句"出名要趁早"的格言。她勇敢热烈，她孤寂困苦，她深爱过胡兰成，不顾一切疯狂地爱恋，到头来遍体鳞伤。王小波说张爱玲的小说有种不同凡响之处，在于她对女人生活理解得很深刻，有忧伤，无愤怒，有绝望，无仇恨。

她这一生，是多彩孤寂的一生，就像那朵盛开的莲花，却在最美好的年纪选择自我萎谢了。

卞之琳·张充和

引语

明月装饰了你的窗子，
你装饰了别人的梦

卞之琳穷极一生都渴望在张充和那里得到一个答案，在我们年轻时，以为什么都有答案，可是老了的时候，你可能又觉得其实人生并没有所谓的答案，感情亦是如此。

他是个诗人，敏感、痴情。他以轻灵飘逸的笔风得到沈从文和徐志摩的赞赏。

他是卞之琳。

她是个精灵，固执、活泼。她擅丹青，通音律，唱昆曲，能将一曲《游园惊梦》唱得曲尽其妙。

她是张充和。

卞之琳，一九一〇年出生于江苏海门，一九二九年从上海来到北京，进入北京大学英文系就读。在这里，他接触到了西方浪漫主义诗歌，认识了徐志摩，并师从于他。后来卞之琳成了新月派的代表诗人。

他的诗精致巧妙、冷僻奇兀，诗人的细腻与羞涩，在他的身上展现得淋漓尽致。

一九三三年秋，北平。

秋风萧瑟，落叶纷纷，路上行人都裹紧衣服，步履匆忙。这一天卞之琳像往常一样前往沈从文家拜访。他不会想到，这次平常的拜访，却带来了他半生最美的邂逅，从此在他的世界里种下了一颗种子，他遇见了生命中最爱的那个人。

卞之琳在北平念书的时候便得到了沈从文的赏识，沈从文对他一直很照顾，沈从文和张兆和结婚后定居北平，卞之琳便成了沈家的常客。沈家客厅就像林徽因家的客厅一样，名流雅士常聚于此，喝上一杯浓茶或咖啡，一起谈论时事与诗词歌赋，好不痛快。

刚到沈家，卞之琳远远地就听见一阵笑语。他推门而进，只见沈夫人张兆和拉着一位少女向他道："之琳，来，给你介绍一个朋友。"

穿着天青色旗袍的少女抬起头来，向他微微一笑。

那一抹笑，像是一朵莲花，盛开在那清波碧水间，荡起了一圈一圈涟漪，倩影映射在他的瞳孔里，在他明亮细腻的心里，扎下了根。

从此，这一抹笑容，令他魂牵梦萦，终生未忘。

他很快便知道了，少女名叫张充和，是沈夫人的妹妹。

叶圣陶说："九如巷张家的四个才女，谁娶了她们都会幸福一辈子。"张家四姐妹都是才华出众的大家闺秀，这得益于她们父亲张武龄的悉心栽培。和三个姐姐不同的是，张充和在只有十一个月大的时候，便过继给了二房的奶奶当孙女。这位养祖母对张充和疼爱有加，连她的启蒙老师都是如朱谟钦这样的名师。张充和从小聪颖过人，在琴棋书画和昆曲上的悟性奇高，小小年纪唱起昆曲来有模有样，连姐姐们都赞叹不已。

张充和这次来北平，是从苏州赶过来参加姐姐的婚礼的，之后就一直留在了北平，计划去考北大。但她数学很不好，并且考试那天，准备的三角尺、圆规等工具她全没带，因为她不会用。

后来卞之琳得知北大中文系录取了一位叫张旋的考生，那考生数学得了零分，本来不够入学资格，却因国文考了满分而被破格录取。这位考生便是张充和，之所以用化名是为了不沾在北大任教的姐夫沈从文的光，免得别人说闲话。

张充和性格活泼，极其健谈，对时事政治、社会问题都有自己的看法，言辞也犀利直接，一语中的。

一位敏感的诗人，遇见了一位理性与健谈的姑娘，便犹如掉入磁场的铁石，不能自拔。

我有时候想，人和人的相遇，是偶然也是必然。你遇见什么人，便会有什么样的命运，是快乐还是痛苦都注定了。有些人哪怕每天遇见，却怎么也擦不出火花；有些人一遇见，星火便成燎原之势。

卞之琳开始给张充和写信，内容大多是生活琐事，因为他想要和张充和分享生活中的点滴，还有那些有趣的人和事，他想要进入张充和的生活，也希望她能走进自己的生活，但却迟迟不敢表露爱慕之情，尽管所有的人都看明白了。

他的内心满是忐忑、焦灼。诗人那细腻敏感的特质此时反倒束缚了他的手脚，面对这突如其来的爱情，他胆怯了，他更像是一个远远望着明月的痴情人。

张充和的性格活泼开朗，她对人很友好，与周围的人都相谈甚欢。卞之琳总是在人群中仰望着她，他不知道张充和的态度，也看不出来张充和对待他和别人有何不同。

正是这种不确定让他不敢贸然表现爱慕之情，只能在一旁看着张充和的一颦一笑。情愫在卞之琳的世界里肆无忌惮地疯长，暧昧不清的骚动情绪让他痛苦不已，他不能再忍受这种模糊的情感。他渴望得到肯定的态度，却无奈始终迈不出说破的一步，只好把绵密的感情写入诗里，寄给她，以解相思之苦。

他写了很多封，但她却一封也没有回过。

张充和漠视的态度让他焦急又懊恼，在这种快要令他窒息的煎熬下，他决定逃离，他想在还未深坠情网时，用距离和环境来阻断这刚萌芽的悸动，让自己解脱。

卞之琳跑到河北的一所中学做老师去了，他以为可以忘记，他以为可以开始新的生活，可以再遇见一个心仪的女子，然而他却怎么也忘不了。她的笑，总是在他的眼前浮现，她的声音，总在他的耳畔飘过，因想见却不能相见而产生的思念在他的世界里泛滥成灾，他的爱越发强烈起来——他终究不是一个善忘的人。

他写了一首诗给她，诗中的男子死心塌地地爱慕一位女子，却始终不敢靠近、不敢表白，只能站在远处的楼上看她，只敢在夜深时思念她，在梦里追寻她的足迹。那位女子就像一位圣洁的女神，让男子倾其所有，耗尽此生的爱，而她却对这份爱慕之心浑然不觉，只看着远处的风景。这首诗便是《断章》。

你站在桥上看风景，

看风景的人在楼上看你。

明月装饰了你的窗子，

你装饰了别人的梦。

　　这是他写过的最脍炙人口的诗，原诗很长，最终却只留下四句，诗中羞涩的男主角就是他自己。相思之苦让他无法再安静下去，一个学期后他便从中学辞职，回到了北平。

　　他决定要像个勇士一样站起来，这么沉默下去，他随时会疯掉。他时常请好友聚在一起，也会邀请张充和来，只是希望多看看她，离她更近些。

　　可惜他这种平淡无新意的行动根本打动不了张充和，说白了，他就不是张充和喜欢的类型，一切努力终究是徒劳。

　　一九三五年年底，张充和因患上肺结核，由大姐张元和接回苏州老家休养。

　　一九三六年十月，卞之琳的母亲病逝，他回到老家江苏海门办丧事，随后去往苏州看望张充和。张家留他住了几天，张家兄弟姐妹还陪他游玩了一番姑苏的风景。那短暂的光阴令他很是开心，那也许是他一生中离她最近的时候，这时的卞之琳心中充满了期待。

　　姑苏风景如画，南方的柔美尽显，张充和陪着他，走在那布满青石的小巷里，打着油纸伞，那雨从雨伞滑落到青石苔上，便透出柔润的天青色。她就像戴望舒的《雨巷》中所写的丁香般的姑娘一样美，一切都那么和谐，谁也不愿打破这种宁静的美好。

张充和喜欢穿旗袍，尤爱天青色，她在陪卞之琳去天台山游玩的时候，依旧穿着改装过的旗袍，结果爬到中途累得不行，她仰头向他道："你拉我一把。"

他看着眼前人伸出的纤纤玉手，却怎么也不敢伸出手去触碰，生怕给碰碎了。

他对她是敬畏的，面对她，他胆怯、紧张，想接近又不敢真的伸出手。

一九三七年，他把当年所做的十八首诗编成了《装饰集》送与佳人，在扉页上，他特意写道："献给张充和。"

张充和十分感动，却终究没有给他一个理想的答复，一切都在朦胧和蹉跎中失去了。后来卞之琳因老师朱光潜邀请去了四川大学任教，担任文学院的外文系讲师。

他还是不断给张充和写信，他始终放不下，从成都、延安、昆明到重庆，他一直追随她的脚步，却总是慢了半拍，张充和就像一个梦，他总想抓牢，却怎么也靠不近、握不到，她时而在眼前，时而在天边。正如卞之琳自己所说：

　　在一般的儿女交往中有一个异乎寻常的初次结识，显然彼此有相通的一点，由于我的矜持，由于对方的洒脱，看来一纵即逝的这一点，我以为值得珍惜而只能任其消失的一颗朝露罢了。

　　一个人爱不爱你，是能从她的动作和眼神中看出来的，人们往往固执，不是因为想不明白，而是不愿接受这个结果。爱上了，便要像飞蛾扑火般向前，遍体鳞伤也不惜。

　　卞之琳的痴情还是没有一个结果，他又一次想到了逃离，这次是去英国牛津大学深造，他企图用隔大西洋的距离来阻断这无望的苦恋。

　　临行前，他去与张充和道别。

　　那天，她穿了最爱的天青色旗袍，送卞之琳出巷口，和他说再见，然后转身离开，在姑苏的迷蒙烟雨中渐行渐远。

　　卞之琳痴痴地望了她的背影许久，她的背影似一枝幽兰，清冷地开在雨巷里。

　　而这枝幽兰，注定不会为他开放。

一九四七年，也是在姐夫沈从文家里，张充和认识了当时北大西语系的教授傅汉思，他是德裔美国人，对中国的文化很有兴趣。他们一见钟情，相互吸引，相识七个月后，他们便成了婚。

一九四九年一月，傅汉思与张充和赴美定居。

卞之琳什么也没有说，这一切如同风一样突然，席卷了他十年建造的城堡，他呆呆地站在那里，没有流泪，心里却有东西一点一点地撕裂开来。他不明白，恋了她十年，为什么却敌不过她和另一个人在一起七个月。

也许，这就是人们说的有缘无分。

有人问过张充和："既然不爱卞之琳，那为何不跟他说清楚呢？"

张充和无奈地说道："从来大家都这么问，我说：他没有说请客，我怎么能说不来呢？他从来没有认真跟我表白过，写信说的也只是日常普通的事，只是写得有点啰唆。"

张充和并非薄情寡义，而是他们之间本就不是男女朋友关系，这种似情非爱的感情在张充和眼里就是比普通朋友稍微好一点的关系，窗户纸终究是没有捅破的。

张充和明白，爱情不能勉强，这点张家的兄弟姐妹们也看得

明白，正如张家最小的张寰和先生所说："都知道卞之琳爱四姐，
四姐却对他没有意思。"

卞之琳每次去往张家，总是大包小包地带各种礼物给他们，
希望他们多帮忙说好话，据张家的兄弟回忆，卞之琳每次去他们
家都会送去一种用亚麻布做的香港衫，卞之琳还把这一款香港衫
送给过许多友人，由此可见卞之琳在生活和人际交往上的呆板。

据张寰和的夫人周孝华老人回忆，她曾亲眼见到过一次卞之
琳的大胆表白。

那一天我在自己屋子里，充和突然进门来喊我跟她上楼。
透过楼上充和的房门缝隙，我看到卞之琳竟双膝跪在地板上。
充和又可气又可笑地告诉我，说卞之琳跟她求婚，声称如果
不答应他就不起来。

不知为何那天的卞之琳敢于鼓起勇气向张充和表白，而且这
样大胆热烈。张充和不知所措，最后连说带哄，才让卞之琳乖乖
站了起来。

张充和聪明通透，明白卞之琳不适合自己，她不止一次说过，
她与卞之琳的性格不合，很难在一起生活。卞之琳安静，张充和

活泼，卞之琳感性，张充和理性。或许有人认为这样是性格互补，但这种结合却不是张充和心中理想的感情模式。

张充和更渴望对方是一个能同她畅谈古今的人，她嫁给傅汉思就很能体现这一点。傅汉思的博学善谈乃至对中国文化的热爱让张充和钦佩不已，合拍的感情才最舒服。

卞之琳听到张充和结婚的消息后伤心不已，他会时常拿出张充和的昆曲唱片，放给身边的朋友们听。夏济安先生就曾赞叹张充和的昆曲唱得美妙至极，他回忆有次与卞之琳等好友在一起喝酒聊天，那时候卞之琳刚补完牙，便对补牙与恋爱发表感慨："少年掉牙自己会长，中年脱牙没法长全；少年失恋容易补缺，中年失恋才真悲伤。"

在张充和结婚七年后，卞之琳也结婚了，他的妻子叫青林，是一位小说家。那年，他已经四十五岁了。她嫁了，他娶了，他和她真的走远了，隔着一个太平洋，他们在两个世界过着晨昏颠倒的生活。也许以后还会有交集，却再也不会有情愫和悸动，因为，他们的心里都有了自己的家庭。

这段无果的恋情，也终于被埋藏在彼此的心底了，他的爱，也只能停留在这首《鱼化石》里了：

我要有你的怀抱的形状，

我往往溶化于水的线条，

你真像镜子一样的爱我呢，

你我都远了，

乃有了鱼化石。

再见面时，两人都已经老了，时光已经悠悠流逝了二十五年。

那是在美国耶鲁大学，她在那里教书。那一年他已经七十岁了，而她也早已不是沈家客厅里那穿着旗袍的少女了。

不得不承认，在我们的生命中，有些人哪怕是很多年没见，你早已忘记了她的声音，脑海中模糊了她的容颜，但再次相遇时，那感觉却永远不会变。

她还是爱穿旗袍，喜欢读书和绘画，研书法，唱昆曲，他呢，当教授，做学问。他们都有了自己的成就。

又一次告别，他望着她远去的背影。她老了，银白色的发丝布在额角，体态也不如以前轻盈，可在她穿上旗袍的时候，那身姿仍如年轻时一样优雅端庄。

他想起姑苏雨巷的那次告别，他又感受到了久违的芬芳。

一九八六年，她们再一次相遇。这次张充和应邀来到北京参加活动，也许是因为太久没有踏上这片土地，她兴致很高，还和大姐元和唱了一曲《游园惊梦》。她虽年事已高，可扮上戏妆，往台上一立，还是充满魅力，她的小袖轻轻一扬，便已是满堂喝彩。

他在台下看着她，依然痴迷，她的一颦一笑、一字一句，都印在了他的脑海里，唱进了他的心里。他会想起许多年前的一个午后，那个穿着天青色旗袍的少女，坐在那雕花的长窗下，向他轻轻颔首而笑，让他一生不能忘却。

他想起了老师徐志摩，似乎也能感受到他对林徽因的那份痴情，以及那种因痴情而产生的苦痛，还有快乐。

在未遇见张充和之前，痴，他想，若是自己，恐怕是做不到的。

许多年后，他发现，原来自己一样也做得到。

正如他自己在诗里写的那样："百转千回都不能同你讲，水有愁，水自哀，水愿意载你。而我，愿意想你。"

这是他们的最后一面，后来，他再也没有见过她。他去世在二〇〇〇年，在一个世纪交替的年头。晚年的他埋头做学问，时常会听听她送的唱片，那里有她的声音。

卞之琳穷极一生都渴望在张充和那里得到一个答案。我们在年轻时，以为什么都有答案，可是老了的时候，可能又觉得其实人生并没有所谓的答案，感情亦是如此。

二〇〇三年八月，张充和的丈夫傅汉思去世，张充和失去了伴侣，从此深居简出，潜心做学问。晚年的她给自己写了一句诗："十分冷淡存知己，一曲微茫度此生。"

这句诗也是她一生的注解，她一生活在诗词昆曲的世界里，宛如精灵。

二〇一五年六月十八日，张充和在美国逝世，享年一百零二岁。

至此，四姐妹的故事落幕，民国最后的闺秀也消逝了。

梁思成·林徽因

你是人间的四月天
你是燕在梁间的呢喃，

引语

梁思成说："中国有句俗话，'文章是自己的好，老婆是人家的好'。可是对我来说是，老婆是自己的好，文章是老婆的好，我不否认和林徽因在一起有时很累，因为她的思想太活跃，和她在一起必须和她同样的反应敏捷才行，不然就跟不上她。"

　　都说林徽因的生命里绕不开三个男人，多情热烈的徐志摩、温厚痴情的金岳霖，还有儒雅知心的丈夫梁思成。他们之间的往事已过去半个多世纪，近些年随着一些电视剧的热播和书籍的热卖，那些往事再次受到人们的关注。文艺青年们评头论足，对于林徽因的评价更是褒贬不一。而我想去还原她——一个有血有肉的人。林徽因不是完美的女神，她也有薄情、自私与偏见，但她更有很多难能可贵的品性。

　　林徽因一九〇四年出生于杭州，比梁思成小三岁。林徽因的母亲何雪媛是林长民续娶的，且何雪媛并非出身书香门第，琴棋书画自然差点，再加上只有一个女儿，所以在林家地位尴尬。后来林长民又纳了程桂林为妾，同她生了几个儿女，林徽因的生母日子更加忧苦。母亲的命运对林徽因之后的婚姻观有很大影响，她从小在这个环境中长大，看着家里各房的争斗和父亲的偏袒，自然对婚姻产生了一些恐惧和厌恶。

虽然母亲在林家不受尊敬，但林徽因冰雪聪明，很受祖父喜欢。她原名林徽音，名字取自《诗经·大雅·文王之什·思齐》："思齐大任，文王之母，思媚周姜，京室之妇。大姒嗣徽音，则百斯男。"后来因为跟同时代的一位诗人重名，为区别才改为林徽因。

梁思成一九〇一年出生于日本，当时他的父亲梁启超为躲避清政府的迫害到日本避难，直到一九一二年辛亥革命之后才返回国内。一九一五年，梁思成进入清华学堂，与闻一多、孙立人、梁实秋和吴文藻同级。翌年，林徽因进入北平培华女中。关于梁思成与林徽因的相识，我翻阅了一些史料后大致判断出发生在一九一九年"五四运动"期间，地点是在梁启超的书房中，梁思成后来这样回忆两人的相见：

> 特别令我动心的是，这个小姑娘起身告辞时轻快地将裙子一甩翩然转身而去的那种飘洒。

可见梁思成对林徽因的印象是极深的。

梁启超和林长民都是"五四运动"的推动者。第一次世界大

战结束后，梁启超就各处游说争取把德国在山东的权益归还中国，
但他没想到的是，北洋政府已经和日本达成密约把权益转给日本。
情急之下，梁启超赶紧通知了当时担任外交委员会委员长的林长
民，愤怒的林长民在《晨报》上把这份密约曝光了，学生们群情
激愤，走上街头抗议，这才有了后来的"五四运动"。这搞得政
府狼狈不堪，林长民也因此事辞职，并在一九二〇年赴欧洲考察。
这次考察，他带上了林徽因，以让她增长见识。也正是在这次欧
洲之行中，林徽因得以和同在大洋彼岸的徐志摩相识。

　　梁思成与林徽因能走到一起，在很大程度上得益于双方的父
亲。梁思成的父亲梁启超与林徽因的父亲林长民，在北洋政府时
期分别出任财政总长和司法总长，两人在当政理念上都相对开明。
梁启超在戊戌变法失败后流亡日本，林长民也曾在日本早稻田大
学学习，两人自然走得亲近些，再加上这次在外交事件上的通力
配合，他们相互钦佩，于是有了联姻的打算。其实，再早些时候
他们二人就有意结成亲家，想来个指腹为婚，但梁启超思想开放，
所以还是对梁林二人说，尽管双方父母都赞成这门亲事，但最后
还是得由他们自己决定。

　　在林徽因遇见徐志摩之前，梁林两家已有联姻之意了，并不
是如后人说的，林徽因回国之后为断徐志摩念想才与梁思成赶紧

订婚。

这种联姻的安排曾经出了意外，但也给两人创造了相处的机会。本来家里想让梁思成一九二三年毕业后出国留学，但没想到这年五月七日，梁思成在国耻日的游行示威中被当时的交通次长金永炎的汽车撞倒，人当场昏迷。同去的兄弟梁思永也被撞伤，好在无大碍，于是赶紧回家喊人。后来梁家人将梁思成送到协和医院检查，鉴定为左腿骨折，脊椎受伤，情况甚是严重。事后，肇事者没有受到严厉的处分，尽管道歉了，但梁启超的夫人气不过，还是跑到金永炎家中闹了一番，狠狠地抓了他几把才罢休。

不幸的是，梁思成骨折的左腿没能接好，比右腿短了约一公分，梁思成落下终身残疾，走起路来有些微跛。更为严重的是，梁思成的脊椎受到了严重损伤，影响了他一生的健康，后来他不得不穿上一件医院为此特制的厚重钢背心，以支撑上身，留学的事，也只能搁置了。

在梁思成受伤的这段时间中，林徽因陪伴在他的左右，给他拧毛巾、擦汗，照顾他日常生活，让梁思成感动不已。但梁思成的母亲李蕙仙觉得女孩子家看到病床上衣衫不整的梁思成应该回避，不该如此亲昵，这样成何体统，为此还拒绝林徽因进梁家的门。

但后来在他们结婚之前，梁思成的母亲因病去世，没能看到他们的婚礼。

一九二四年，在梁启超精心的安排下，梁思成与林徽因同去美国宾夕法尼亚大学学习。那里是当时学习建筑最好的地方，梁思成选择了建筑系，林徽因选择了美术系，因为当时建筑系不收女生。梁思成后来直言不讳地说自己进入建筑行业是受到了林徽因的影响。

当我第一次去拜访林徽因时，她刚从英国回来，在交谈中，她谈到以后要学建筑。我当时连建筑是什么还不知道，徽因告诉我，那是包括艺术和工程技术为一体的一门学科。因为我喜爱绘画，所以我也选择了建筑这个专业。

梁思成和林徽因在这里度过了一段难忘而有趣的时光，更重要的是，他们的学业不断精进。

有次同学们聚会野炊，大家知道梁思成注重学业不一定会参加，就委托林徽因把梁思成约过来，并承诺说，只要他来就行，来了只管吃不用干活。林徽因欢喜答应，但当她精心打扮后出现在梁思成面前时，他竟然只顾着看图书馆前面的艺术品，完全忽

视了眼前漂亮的林徽因，她很不开心。这样忽视的次数多了，同
在美国留学的梁思成的弟弟梁思永就调皮地做了一副对联，甚是
贴切：

> 林小姐千装万扮始出来
>
> 梁公子一等再等终成配

在他们念书的这段时间里，远在中国的梁林两家分别发生了
一件大事：梁思成的母亲病逝；林徽因的父亲林长民因参与奉系
军阀郭松龄倒戈的战争，不幸被流弹击中身亡。林徽因听闻父亲
的死讯后悲痛欲绝，父亲去世后她对梁家的依赖加深了，对梁思
成那段时间的慰藉也心怀感激。因担心这件事对林徽因打击太大，
梁启超还特意写信给梁思成，望他多照顾林徽因，不用担心家里，
信中情深意切地写道：

> 我和林叔的关系，她是知道的，林叔的女儿，就是我的
> 女儿，何况更加以你们两个的关系。我从今以后，把她和思
> 庄（梁思成的妹妹）一样的看待，在无可慰藉之中，我愿意
> 她领受我这种十二分的同情，度过她目前的苦境，她要鼓起

勇气，发挥她的天才，完成她的学问，将来和你共同努力，替中国艺术界有点贡献，才不愧林叔叔的好孩子。

可见，梁启超对林徽因是很疼爱的。

终于，在承受了失去亲人痛苦并最终完成学业后，二人携手走进了婚姻的殿堂。一九二八年三月二十一日，已毕业的梁思成、林徽因在加拿大温哥华梁思成的姐姐梁思顺家中举行了婚礼，终成眷属。两人随后开始了去欧洲的蜜月之旅，半年后回国。

回国后，两人按照梁启超的安排，前往沈阳东北大学创办建筑学系。梁思成担任教授兼系主任，月薪八百元，林徽因担任教授，月薪四百元，这在当时已经是很不错的待遇了。此时梁启超已病入膏肓，自知不久于人世。一九二九年一月九日，梁启超溘然长逝，梁林夫妇专程从沈阳赶回北平奔丧，并为梁启超设计了墓碑，这也是梁思成的第一件建筑作品。这年八月，林徽因在沈阳生下了一个女儿，为纪念晚年自号"饮冰室主人"的父亲梁启超，给女孩取名再冰，这就是他们的长女梁再冰。

东北地区的气候影响了林徽因的身体，她的肺病不断加重，并且之后也没能治愈，也正是因此他们才决定回到北平，全家搬入地安门内米粮库胡同二号（后搬至三号）居住。这里非常热闹，当年傅斯年住在一号，胡适住在四号。

所以，在这里就形成了一道文化风景"太太的客厅"。

梁思成和林徽因本身就颇具人缘和学识，吸引了相当一部分学者每周六下午到家拜访交流，比如金岳霖、周培源、李济、胡适等，当然还有当时尚未成名的青年才俊，比如沈从文、萧乾等，大家一起畅谈古今、针砭时弊，好不痛快，其中徐志摩更是积极。

林徽因作为女主人，自然备受瞩目，她思维敏捷，有亲和力，人们都乐意和她谈论时政和学术。当年与林徽因过从甚密的作家李健吾对林徽因的为人做过这样的描述：

> 绝顶聪明，又是一副赤热的心肠，口快，性子直，好强，几乎妇女全把她当做仇敌。

"把她当做仇敌"的人里面就有冰心，冰心写了一篇小说《太太的客厅》讽刺她，一九三三年九月二十七日在天津《大公报》文艺副刊连载，一时间引得大家议论纷纷。小说中的每个人在梁家的文化沙龙中似乎都能找到原型，"太太的客厅"的虚伪俗气扑面而来。

我们的太太是当时社交界的一朵名花，十六七岁时候尤其娇艳……我们的先生的照片自然不能同太太摆在一起，他在客人的眼中，至少是猥琐，是市俗。谁能看见我们的太太不叹一口惊慕的气，谁又能看见我们的先生，不抽一口厌烦的气？

据说林徽因得知这件事时正好从山西考察回来，带了一坛又陈又香的山西醋，立即叫人送给冰心。冰心还有一部短篇小说《冬儿姑娘》，以林徽因和徐志摩为原型，也颇有嘲讽的意味，至此两人交恶。

冰心的先生吴文藻与梁思成是清华同学，两人住同一寝室，情谊不浅。而林徽因与冰心又是福州同乡，还算相熟。两对夫妻先后在美国留学，他们在美国的绮色佳（现译为伊萨卡）还一起游玩、野炊过，有过一段短暂而愉快的交往。但《太太的客厅》一发表，两人再也回不到从前。后来两家人都因为战乱迁往昆明，林徽因与冰心住处相隔很近，步行十几分钟即可登门，却没听闻有过交往。

一九三一年十一月十九日，徐志摩因要参加林徽因的一个建筑艺术演讲会，乘飞机从南京北上，途中飞机失事，机毁人亡。噩耗传来，林徽因当场昏倒在地。后来一众好友相聚胡适家中，商量怎么来处理徐志摩的身后事。二十二日下午，梁思成、沈从文等人分别从北平和青岛赶到济南白马山空难现场，收殓徐志摩的遗骸，梁思成带去了他与林徽因专门赶制的小花圈以示哀悼，同时带回了一小块失事飞机的铁皮。此后的岁月中，这块铁皮就一直被林徽因小心翼翼地收在家中。

在徐志摩离世之后，又一个人走进了林徽因的生活，那就是哲学大师金岳霖。梁思成把金岳霖看作老大哥，甚至在梁思成与林徽因有矛盾的时候也是金岳霖出面调解。后来林徽因觉得自己爱上了金岳霖，并向梁思成坦白了自己的苦恼，梁思成痛定思痛后告诉妻子："你是自由的。"这个正直而大度的回答传到了金岳霖的耳中，金岳霖直言梁思成是君子，自己不能做这种事，便选择了退出，从此，不再谈起此事。

两人婚后生活中矛盾肯定是有的，比如林徽因的弟弟林宣就说："梁思成、林徽因结婚以后，家庭生活充满矛盾，从性格上讲两个人很合不来，梁思成和林徽因在一起处处让着林徽因，经常沉默，林徽因对此很反感。"不过婚姻本来就是相互磨合理解的过程，即使有矛盾也不能以此判定不幸福。

林徽因的活跃与梁思成的静默只是性格上的反差，梁思成自己就说：

> 林徽因是个很特别的人，她的才华是多方面的。不管是文学、艺术、建筑乃至哲学，她都有很深的修养。她具有哲学家的思维和高度概括事物的能力。所以做她的丈夫很不容易。中国有句俗话，'文章是自己的好，老婆是人家的好'。可是对我来说是，老婆是自己的好，文章是老婆的好，我不否认和林徽因在一起有时很累，因为她的思想太活跃，和她在一起必须和她同样的反应敏捷才行，不然就跟不上她。

在抗战爆发之后，政府开始组织北方大学南迁，大批学者随学校南下，随后不断辗转。一九四〇年十一月，梁家从昆明搬到李庄，这是一个偏僻的乡村，恶劣的环境、长途的跋涉已经摧毁了身患肺病的林徽因，她旧病复发，卧床不起。肺结核导致她大口咯血，没有医院，没有专业医师，唯一的一支温度计也被女儿打破，导致大半年无法测量休温。没有营养品，只有朋友带来的一小罐奶粉。金岳霖学会了养鸡，时常宰一只鸡给她补充营养。梁思成则把不少的东西当了维持家用，还学会了腌咸菜和用橘子皮做果酱，什么洗衣做饭都是他一手操办，同时他还要照顾林徽因，学着给她看病、打针。

那时候抗战正是艰难的时期，林徽因的儿子梁从诫问过母亲：

"如果日军真的来了，你们打算怎么办？"

"中国念书人总还有一条后路嘛，我们家门口不就是扬子江吗？"

"我一个人在重庆上学，那你们就不管我啦？"

"真要到了那一步，恐怕就顾不上你了。"

黑暗终究远去，光明终于来到。抗战后胜利，南迁的教授和学生陆续返回北方。梁家回到北平的时候，林徽因已然形销骨立，那时候她的体重只有五十多斤。

新中国成立后，夫妇二人又投入到了国徽的设计和北京的城市规划中，在那段时间里，梁思成保护北京古城的方案遭到了否定，甚至是批判，这让夫妇二人郁郁不已，气得梁思成不禁失声痛哭："如果拆掉北京城墙，五十年后一定要后悔！"梁思成在二战中保护了日本京都和奈良的古迹，却没能保护自己从小长大的北京古城，心里怎能不痛心？

林徽因此时身体已然扛不住了，加上外界的种种原因，她终究没能走得更远。一九五五年四月一日，林徽因病逝于同仁医院，享年五十一岁。这位传奇女子走完了她这坎坷又饱满的一生。

林徽因去世后，梁思成悲痛不已，然而还有一个人也甚为伤感，那就是金岳霖。他时常一个人独自流眼泪，他不愿相信林徽因就这样走了，因为他许多话还没来得及告诉她。

林徽因去世七年之后，梁思成续娶了比自己小二十七岁的林洙，林洙陪伴他走过了没有林徽因的十年，直到一九七二年梁思成去世。

心里挂念一个人，
从此便有一座城

引语

晚年的金岳霖一直忘不掉林徽因。有一天，金岳霖突然把一些好友请到北京饭店，却没说理由，大家都很纳闷，直到人到齐，他才站起来举杯说："今天是林徽因的生日。"

众人听闻，不禁潸然泪下。是啊，只有他会记得，是啊，只有他从未忘记。

金岳霖是位有趣的先生。他一八九五年七月出生于湖南长沙。他自幼聪慧，在哲学辩论方面的思考堪比童年时代的王阳明。比如说，在十几岁的时候，他就觉得中国俗语中"金钱如粪土，朋友值千金"这一句有问题，说钱财是粪土，朋友又值千金，那么不就等于说朋友等于粪土了吗？虽是一句戏言，但无疑展现了他在逻辑学上的天赋，从小他就是一个善于进行理性和缜密思考的人。

一九二〇年，他前往美国读政治学，之后又去了伦敦大学学习经济学。一九二五年金岳霖回国，一年后到清华任教，担任哲学系主任。张申府说："如果中国有一个哲学界，那么金岳霖当是哲学界之第一人。"

金岳霖是如何与梁家相识，又是怎么对林徽因有了爱慕之心的呢？那事情还得说回梁家"太太的客厅"。极具人格魅力的林徽因在自己家里打造了一个文化沙龙，各学派的大腕每周六聚在梁家的客厅谈笑风生。

梁家的客厅逐渐成为北平文化界的一个重要地标，不少人慕名前来拜访。在徐志摩的引荐下，金岳霖第一次走进了梁家的客厅，见到了林徽因。后来梁家的好友费慰梅说："徐志摩此时对梁家最大和最持久的贡献是引见了金岳霖。"

看着人前的林徽因挥洒自如、不卑不亢，金岳霖自然心生爱慕。此后，金岳霖就时常到梁家走访串门，后来索性就搬了过来，与梁家前后院比邻而居。金岳霖为人坦诚光明、学识渊博，梁思成夫妇对他钦佩不已，他们成了非常好的朋友。他们的交往中有不少趣事，比如金岳霖经常看到梁林夫妇为了测绘数据在建筑上爬上爬下，就即兴编了一副对联："梁上君子，林下美人。"

本来"梁上君子"是贬义词，但梁思成姓梁，又常常研究房梁，因此用在身上恰到好处，所以梁思成开心地说："我就是要做'梁上君子'，不然我怎么才能打开一条新的研究道路，岂不是纸上谈兵了吗？"反倒是林徽因不买账，俏皮地说："真讨厌，什么美人不美人，好像一个女人没有什么可做似的，我还有好些事要做呢！"说完，三人哈哈大笑。

梁家夫妇视这位志趣相投的邻居为老大哥，金岳霖比梁思成大六岁，比林徽因大九岁。金岳霖与林徽因的"感情"在徐志摩意外离世之后陡然升温，金岳霖甚至说："一离开梁家，就像丢了魂似的。"

金岳霖对林徽因的爱慕是如何被外人知道的呢？这点是在林徽因去世之后，梁思成披露的。据后来梁思成的续弦夫人林洙讲，大概在一九三二年的时候，林徽因曾坦白过自己对金岳霖的爱慕，并且三人有过一次沟通，最后以金岳霖的退出而告终。林徽因感动于金岳霖那种长兄似的关怀，同时，她很清楚自己是梁思成的夫人，不可能去越雷池，这就是林徽因的分寸。

梁家太太的客厅中高朋满座的光景不长，"七七事变"之后，为了保存文化血脉，国民政府提出大学南迁计划，清华大学、北京大学和南开大学合并南下，前往湖南长沙组成临时大学。

梁思成夫妇和众多文人一路南下，金岳霖也与梁家一起离开了北平。后来临时大学又迁往云南昆明，这便是我们熟悉的西南联合大学。

金岳霖已经习惯了与梁家在一起的生活，孩子们也把他当大伯看待。金岳霖在世人眼中，是位谦谦君子。曾是他的学生的汪曾祺这样回忆他：

金先生的样子有点怪。他常年戴着一顶呢帽，进教室也不脱下。每一学年开始，给新的一班学生上课，他的第一句话总是："我的眼睛有毛病，不能摘帽子，并不是对你们不尊重，请原谅。"他的眼睛有什么病，我不知道，只知道怕阳光。因此他的呢帽的前檐压得比较低，脑袋总是微微地仰着。他后来配了一副眼镜，这副眼镜一只的镜片是白的，一只是黑的。这就更怪了。

他身材相当高大，经常穿一件烟草黄色的麂皮夹克，天冷了就在里面围一条很长的驼色的羊绒围巾……除了体育教员，教授里穿夹克的，好像只有金先生一个人。他的眼神即使是到美国治了后也还是不大好，走起路来有点深一脚浅一脚。他就这样穿着黄夹克，微仰着脑袋，深一脚浅一脚地在联大新校舍的一条土路上走着。

这个形象，或许不够伟岸威武，但却真实鲜明，不禁使我想起钱钟书《围城》里的褚慎明，那真是像极了金先生，但是金岳霖比迂腐的褚慎明要可爱好玩多了。比如原来上学的时候，家里希望他学会计，他说："簿计学，是雕虫小技，我堂堂七尺男儿，何必学这雕虫技艺？昔日项羽不学剑，就是因为剑乃一人敌，不能当万夫。"

他对为官也毫无兴趣，于是又写道："我开剃头店的进款比交通部秘书的进款独立多了，所以与其做官，不如开剃头店，与其在部里拍马，不如在水果摊子上唱歌。"

写这些小事是想让大家从不同的横切面对这位有趣好玩的先生有所了解，这样，才能理解他在林徽因去世之后做出的那些看似不可思议但又感人至深的举动。

林徽因的身体一向不好，一直被肺病折磨。在那样艰苦的年代，营养、医疗自然是跟不上的，金岳霖看在眼里急在心里，便养了一些鸡，帮她补充营养，这让梁林颇为感动。这种相扶相持一直持续到抗战结束，金岳霖与梁家一起回到北平，重回清华。战乱中的奔波和病魔已经摧毁了林徽因的身体，而当时在关于北京城建设规划的问题上，梁林夫妇与高层意见相悖，又让林徽因精神上十分苦闷。

这位让金岳霖爱慕一生的女子终究是要离开了。

一九五五年四月一日，林徽因去世，终年五十一岁，她化作了蝴蝶，飞向了远方。

金岳霖听闻后不禁恸哭，在林徽因的追悼会上，金岳霖眼泪没停过，并为她送上了一副挽联：

一身诗意千寻瀑
万古人间四月天

她走了，她永远在那四月天，永远在他的心里。只是，再也见不到了。

往后的金岳霖，用沉默静静守护着这份不老的情谊。众所周知，林徽因去世七年后，梁思成续娶了林洙为妻，尽管遭到亲朋好友包括金岳霖的反对。留给金岳霖的只有孤独和思念，他就像一个爱情骑士，孤独地前行。

世人以为金岳霖一生只爱了林徽因一人，因此才有了为了她终身未娶的佳话，但事实是，金岳霖在爱上林徽因前后各有一段算不得爱情的感情。

赵元任夫人杨步伟在她的文集《杂记赵家》中披露过：早在一九二四年，他们夫妇二人在欧洲就看到金岳霖身边有个碧眼金发的女子相伴，那位女子翻译名为秦丽莲，第二年那姑娘还跟着金岳霖来到了北京，那时在清华任教的教授都住在清华，但金岳霖和秦丽莲一起住在北京城里，可见两人已是同居的关系。

有次金岳霖把身为妇产科医生的杨步伟紧急请到家里，说有大事需要帮忙，开始杨步伟还以为金岳霖把秦丽莲的肚子搞大了，吓得说犯法的事我可不做。她到了金岳霖家里一看，原来是金岳霖养的鸡生不出蛋了，仔细一诊原来是鱼肝油喂多了，吃得太好生不出来。杨步伟把鱼肝油掏出来了，问题解决，金岳霖开心不已。为表庆贺，他们还一起去烤鸭店吃烤鸭。

金岳霖与秦丽莲虽然没有夫妻之名，但有同居之实，用他们的说法，这叫感受家庭生活，但不被婚姻的名义束缚，正所谓试婚是也。

这是其一，其二是林徽因去世之后，有朋友介绍老伴给金岳霖，他认识了一位叫浦熙修的女子。那时民盟组织学习，两人在一个组，志趣相投的两人开始越走越近，相互往来，一度到了谈婚论嫁的程度。但天有不测风云，这时候政治风向出现了异动。浦熙修的姐姐浦安修是彭德怀的夫人，庐山会议后浦熙修也遭到了各方面的压力，再加上她身患重病，两人最终还是没能在一起。

金岳霖对于秦丽莲和浦熙修是爱还是喜欢呢？对于前者的交往更多的是对新式生活的探索，与后者的交往则更多的是希望有个晚年生活的陪伴者。

金岳霖曾细心地去分辨"爱"与"喜欢"两种不同的感情或感觉，他说：

> 爱说的是父母、夫妇、姐妹，兄弟之间比较自然的感情；喜欢说的是朋友之间的感情，是喜悦。二者经常是统一的，那就既是亲戚又是朋友；不统一的时候也不少。

生活并不像传说那样纯粹，金岳霖也非圣贤。人们都相信金岳霖只爱过林徽因，但在真正的爱面前，这种对美好感情的想象反而有些狭隘。

晚年的金岳霖一直忘不掉林徽因，有一天，金岳霖突然把一些好友请到北京饭店，没说理由，大家都很纳闷，直到人到齐，他才站起来举杯说："今天是林徽因的生日。"

众人听闻，不禁潸然泪下。是啊，只有他会记得，是啊，只有他从未忘记。

他的这份真情，梁家人也看在眼里，梁家的晚辈们对他格外亲近，比如梁思成与林徽因的儿子梁从诫就特别喜欢他，甚至把金岳霖接过来和他们住在一起，照顾他晚年的生活，喊他"金爸"，这让金岳霖甚是感动。

有次陈钟英先生和友人拜访金岳霖，带了一张林徽因的照片，金岳霖也许是从未见过那个样子的林徽因，看着看着不禁鼻酸，不舍得放手，最后恳求道："给我吧！"就像孩子见了心爱的东西一样。待他们走后，金岳霖一个人在那里长久地闭目、沉思。

有人请他在林徽因的诗集再版时写一些话，他想了良久后，说：

我所有的话，都应该同她自己说，我不能说；

我没有机会同她自己说的话，我不愿意说，也不愿意有这种话。

他说完，闭上眼，垂下了头，沉默了。

我们能想象，他在想什么，他或许会想起总布胡同的那段时光，那天，他第一次见到林徽因笑靥如花的样子，就像那四月的花，开在了那个初春，扎根在了他的心里；他或许会想起西南联大的艰苦岁月，会想起林徽因的一颦一笑、一步一印，往事一幕一幕在眼前晃过，活着的他又何尝不想去见她？心里挂念一个人，从此便有一座城。

一九八四年十月十九日，金岳霖在北京寓所逝世，享年八十九岁。

或许，他可以在那个世界，把心里的话说给她听。

在整理史料的时候，每当我看着那些人的照片，看着那些泛黄的字迹，心中总会伤感起来。我知道，在这个灯红酒绿、物欲横流的世界，已经很少有人会关心那些曾经发生过的事、那些走过的人。他们在我的眼前飘过，我仿佛看到他们从文字中站立了起来，林徽因、卢隐、蒋碧微、孙多慈、赵一荻、张爱玲、陆小曼……

他们都在诉说着自己的故事，尽管我没有酒，但我愿意倾听那远去的声音。

人生在世，是该相信点什么的。

相信爱情，相信遇见与离别；相信未来，会有那样一个人，在不远处等着你；相信一切都是最好的安排；相信美好的事即将发生。

风华是一指流沙，
苍老是一段年华

引语

陆小曼说："志摩是浪漫主义诗人，他所憧憬的爱，是虚无缥缈的爱，最好永远处于可望而不可即的境地，一旦与心爱的女友结了婚，幻想泯灭了，热情没有了，生活便变成白开水，淡而无味。"

　　当我们谈论起民国女子的时候，会说起林徽因、苏雪林、张爱玲。谈到林徽因的时候又自然会将她和另外一位才女比较，那位才女就是陆小曼。

　　林徽因和陆小曼人生里都绕不开诗人徐志摩，这中间的爱恨纠葛哪怕过了百年依旧不散。

　　林徽因和陆小曼两人都出身大家，父亲都是国民政府的高官。从小都受过良好的教育，又都天生丽质、端庄典雅。她们的成长环境和家庭背景很相似，但在遇见徐志摩的那个十字路口，两个人却做出了不一样的选择，走向了两个不同的方向，也造就了彼此不一样的人生。

　　陆小曼一九〇三年出生于上海，算起来比林徽因大一岁。父亲陆定早年毕业于日本早稻田大学，是日本名相伊藤博文的得意门生，回国后担任过财政部赋税司司长，后来创办中华储蓄银行。母亲吴曼华也是一位大家闺秀，擅长工笔画。陆小曼是他们的九个孩子里唯一幸存的一个，夫妇二人难免娇惯和纵容独女。他们给陆小曼最好的生活，让她接受最优等的教育，这使得陆小曼养成了奢华的生活习惯，这影响了她的一生。

一九一八年，陆小曼进入北京圣心学堂读书，这是一所贵族学校，学生都是权贵阶层的子女。十六岁的陆小曼在这里可谓如鱼得水，她生性活泼又美丽迷人，在学校备受瞩目，梁实秋就曾夸她：

> 面目也越发清秀端庄，朱唇皓齿。婀娜娉婷，在北平的大家闺秀里，是数一数二的名姝。

陆小曼除了从小学工笔画，还会钢琴，精通英文和法文，学校里的男孩子如众星捧月一般都围在她身边。在男孩子们爱慕的眼神中，她体会到了征服的快感。

一九二〇年，北洋政府急需一名女生来接待外国使节，在学校的推荐下，陆小曼被选中进入外交部兼职，担任翻译。当时的外交总长顾维钧见到她也是一阵欢喜。不得不说，她就是为交际而生的，举止大方，谈吐自如，不卑不亢，这给使节们留下了极好的印象，在北平的社交圈传为佳话。

在外交部兼职的两年时间里，陆小曼看到了纸醉金迷，也感受到了风花雪月。最重要的是她已经习惯了，她觉得生活就该这样夜夜笙歌，学生陆小曼，变成了名媛陆小曼。

此时的林徽因，正和父亲周游欧洲，感受着外面那个不一样的世界，也享受着来自诗人徐志摩热烈而诚挚的感情倾诉。

男大当婚，女大当嫁，一九二二年，父亲陆定为女儿物色了一位夫君。此人名叫王庚，是位陆军上校。王庚曾在美国西点军校学习，和后来的美国总统艾森豪威尔是同学。两人算得上是郎才女貌、门当户对。相识一月未到，两人便闪婚了。

一九二二年，两人举行婚礼，仪式豪华至极，各界名流纷纷到场祝贺，陆小曼一时风光无限。新婚宴尔日子过得还算融洽，但很快就出现了裂痕。陆小曼依旧眷恋过去的生活，经常去跳舞会友，而王庚是军人出身，非常自律，他希望陆小曼远离灯红酒绿的社交场，以家庭为重。王庚工作很忙，白天到黑夜不停歇，而陆小曼却渴望浪漫，希望丈夫能经常陪在她身边。

两人的生活轨道就像两条平行线，一个早出晚归，一个晚出早归，时间一长，自然有矛盾。而且，陆小曼从小就骄傲，爱耍脾气，非常任性，王庚也不是那种肯受气的男人，这样一来矛盾渐显。

此时一个人也正落寞得要命，他心爱的女人不告而别，最后和别的男人一起赴美留学，自己落得个离婚不说，还背负了骂名。这个人便是徐志摩。

徐志摩和王庚有个共同的老师，那就是梁启超。徐志摩生性浪漫，为人坦诚，交游广泛，社交圈里自然囊括了像王庚这样的进步青年。陆小曼亲切活泼，在人群中光芒四射，徐志摩也乐于接近她，一来二去，徐志摩倒也成了王家的常客。

王庚起初对这位青年诗人颇有好感，再加上他工作忙，没时间陪陆小曼出去逛街，就常请徐志摩带陆小曼出去玩。于是徐志摩经常和陆小曼独处，他们一起游长城、逛天桥、喝茶、赏红叶，做的都是非常惬意浪漫之事。一个是满腹才学的大诗人，一个是美丽高雅的佳人，两人相见恨晚，不擦出点爱情的火花才奇怪，只是王庚还浑然不知。后来结集出版的《爱眉小札》，就是他们热恋时的情书，徐志摩亲切地称陆小曼为龙儿、眉。

龙，我的至爱，将来你永诀尘俗的俄顷，不能没有我在你的最近的边旁，你最后的呼吸一定得明白报告这世间你的心

是谁的，你的爱是谁的，你的灵魂是谁的！龙呀，你应当知道
我是怎样的爱你，你占有我的爱我的灵，我的肉，我的整个儿！

摩！快不用惆怅，不必悲伤，我们还不至于无望呢！等着吧！
我现在要去寻梦了，我知道梦里也许更能寻着暂时的安慰，在梦里
你一定没有去海外，还在我身边低声的叮咛，在颊旁细语温存！

热恋冲昏了两个人的头脑，一时间绯闻闹得满城风雨。有一
次阴差阳错，王庚看到了他们两人来往的信件，写得暧昧至极，
便去责问陆小曼，这样一闹便将这事闹到了台面上。

徐志摩和陆小曼性格相似，都有点偏执加自由主义，只追随
自己的内心，不管世俗的偏见。当年别人劝徐志摩不要和张幼仪
离婚，可他还是离了，陆小曼骨子里也是个反叛的人。事情既然
见了光，两人便也不再闪躲，众人阻拦，他们偏要不顾一切在一起，
仿佛只有这样才算得上真爱。

郁达夫的评价精妙：

志摩和小曼的一段浓情，若在进步的社会里，有理解的
社会里，这一种事情，岂不是千古的美谈？忠厚柔艳如小曼，

热烈诚挚若志摩，遇合在一道，自然要发放火花，烧成一片了，哪里还管得到纲常伦教？更哪里还顾得到宗法家风？当这事情正在北京的交际社会里成话柄的时候，我就佩服志摩的纯真和小曼的勇敢，到了无以复加。

其时正值徐志摩和陆小曼分离异地不能相见，两人都难捱相思之苦，只能通过信件来求取些许安慰。后来，徐志摩要出国去看望泰戈尔，陆小曼不顾一切赶去饯行。那晚，她喝得酩酊大醉，他一走，她便要一个人承受家庭和世俗的压力，用她自己的话说："我不是醉，我只是难受，只是心里苦。"

徐志摩走后，这段三角恋就这么僵持着，最后还是王庚打破了沉默。他写了封信给陆小曼，信中写道："如念夫妻之情，立刻南下团聚，倘若另有所属，决不加以拦阻。"

他心里万分想挽留陆小曼，希望她回来。可陆小曼非但没有回头，反而像得到了解脱般奔向徐志摩的怀抱。

陆小曼赶紧发电报召徐志摩回来，两人下定决心在一起。可婚姻之事须得双方父母和王庚点头才行，于是两人便行动起来，胡适替徐志摩劝说他的父亲徐申如，好友刘海粟来劝说小曼的母亲吴曼华，就连泰戈尔听说后都鼓励他们为爱奋斗："真爱不是罪恶，在必须时未尝不可以付出生命的代价来争取，与烈士殉国、教徒殉道，同是一理。"

本就愧疚的二人请了中间人刘海粟在功德林摆上一桌，大家把事说明了。刘海粟在桌上说自己很反对封建包办婚姻（他自己就是逃离了包办婚姻后自由恋爱结婚的），而徐陆二人自由恋爱，打破了旧俗，得到了幸福，可喜可贺。

这话让在旁的王庚听得很不舒服，最后出于礼节干了一杯就走了。王庚并没有松口，这让陆小曼很是着急。两个月后的一天晚上，王庚终于对陆小曼说：

> 我想了很久，既然你跟我在一起不快乐，那么我们只有分开。其实我还是爱你的，所以我整整考虑了两个月。这两个月，也是让你想清楚，你是否和志摩真的合适。

王庚终究选择了成全，只为了让她更幸福。陆小曼得到了自己想要的结果，她没有说话，而是痛哭了起来。

陆小曼谈不上爱这个男人，可这个男人包容她，给她最好的生活。他虽没有徐志摩浪漫，却让她感到踏实。如今自己就要离开他了，成全的背后则是他要背负酸楚和孤独，这叫陆小曼怎能不流泪？

成全，也是一种爱。这是一种割舍了自己、放弃了念想的爱，没有轰轰烈烈，没有温馨浪漫，只是默默地看着你离开自己，奔向你以为温暖的港湾。

这种爱，比热烈厚重，比温情割心。

王庚是位军人，军人的果断和忠诚注定他将有风度地送别心爱的女人。当时如果王庚效仿中世纪欧洲的绅士们，和徐志摩来一场爱的决斗，那可能徐志摩就要变成中国的普希金了，毕竟拿笔的干不过拿枪的，可他没有这样做，有时退让比争夺更能体现男人的气概。

办完离婚手续的时候，王庚对徐志摩说：

> 我们大家是知识分子，我纵和小曼离了婚，内心并没有什么成见。可是你此后对她务必始终如一，如果你三心二意，给我知道，我定以激烈手段相对。

后来他们结婚时，王庚还送去了一份贺礼。能做到这一步，是为仁至义尽大丈夫也。

此后的王庚经历了人生的沉浮。一九四二年四月，病逝于开罗，葬于开罗市郊英军公墓，年仅四十七岁，没有留下子嗣。离婚这事对他来说是难以释怀的，他自始至终都爱着陆小曼，这份爱是如此的厚重。

王庚这关算是过了，接下来就更麻烦了，徐志摩家里压根儿就不同意，只认张幼仪是儿媳。尽管徐张两人离了婚，但徐家收了她为干女儿。张幼仪来往徐家自如，还帮徐申如打理家产，俨然自家人。徐家人对陆小曼印象极其不好，认为其浪荡奔放，不像是能过日子的人。

徐家是海宁望族，顾忌面子，之前徐志摩因为追求林徽因和张幼仪离婚已经闹得很不好看，如今他要娶陆小曼，家里是怎样也不能答应的。

徐家希望徐志摩与张幼仪复婚，或者退一步娶凌叔华也可以，唯独娶陆小曼不行，一时间风云再起。最后徐父去问张幼仪的意思，她点头同意了徐志摩与陆小曼的婚事，徐家才松了口。不过，虽然有张幼仪的同意，但徐家还是开出了徐志摩与陆小曼结婚的三项条件：

一、结婚费用自理，家里概不负担；

二、婚礼必须由胡适做介绍人，梁启超证婚，否则不予承认；

三、结婚后必须南归，安分守己过日子。

可怜天下父母心，尽管条件开了，但徐申如还是在信中说"要钱可汇"。

唉，总算一关关闯过来了。

一九二六年七月初七，徐志摩与陆小曼大婚。

尽管婚礼没有当年陆小曼和王庚结婚时的奢华，但也算得上满座宾朋。在婚礼上，作为证婚人的梁启超颇为厌烦，虽然他是徐志摩的老师，但在徐志摩与陆小曼结婚这件事情上，他还是反对的，这证婚词也说得犀利：

徐志摩，你这个人性情浮躁，以至于学无所成，做学问不成，做人更是失败，你离婚再娶就是用情不专的证明！

陆小曼，你和徐志摩都是过来人，我希望从今以后你能恪遵妇道，检讨自己的个性和行为，离婚再婚都是你们性格的过失所造成的，希望你们不要一错再错自误误人。

不要以自私自利作为行事的准则，不要以荒唐和享乐作为人生追求的目的，不要再把婚姻当作是儿戏，以为高兴可以结婚，不高兴可以离婚，让父母汗颜，让朋友不齿，让社会看笑话！

　　总之，我希望这是你们两个人这一辈子最后一次结婚！这就是我对你们的祝贺！——我说完了！

这哪是证婚词？简直就是告诫词。

事后他写信给他的女儿梁令娴，信中说道：

　　我昨天做了一件极不情愿做的事，就是去替徐志摩证婚。他的新妇是王赓的夫人，与志摩爱上才和王赓离婚，实在是不道德之极。志摩找到这样一个人做伴侣，怕将来痛苦会接踵而来，所以不惜声色俱厉地予以当头棒喝，盼能有所觉悟，免得将来把徐志摩弄死。

　　我在结婚礼堂上大大地予以教训，新人及满堂宾客无不失色，此恐为中外古今未闻之婚礼也。

不管怎么说，两人也算是排除万难走到了一起。

婚后夫妻二人便回到了海宁硖石居住。在徐家，陆小曼与徐志摩家人的相处并不算太愉快。

后来为了躲避战乱，他们又回到了上海。回到花花世界的陆小曼蠢蠢欲动，她觉得这十里洋场、歌舞升平的生活才适合她，于是她摇身一变又成了名媛陆小曼，而不是徐太太。首饰、提包、衣服都要是最好的，跳舞、会友的开支也不少。这下就苦了徐志摩了。

根据作家张发财的说法，陆小曼一个月的花销折合现在的人民币至少要二十五万，这还是节约的过法。这可是天文数字，徐志摩既不是巨贾，也不是权贵，他只是一个读书人，只能不断找兼职、写稿，甚至卖古董，才勉强养得起陆小曼。据陆小曼的好友王映霞回忆：

> 陆小曼家里有小轿车。佣人在十个左右，有司机、有厨师、有男仆，还有几个贴身丫头。陆小曼想买什么就买什么，不问家里需不需要，也不问价格贵不贵，每个月的开销高达600银圆。这样大的开销，可是害苦了志摩。

照理讲，两个有情人历经千辛万苦终于结合，理应尽情享受婚姻生活的甜蜜幸福，可实际上，二人的感情却开始出现裂痕，婚姻对于他们来说真的成了爱情的坟墓。其中的原因，除了陆小曼的奢侈让徐志摩苦不堪言外，还有徐志摩的浪漫本性在作祟。

> 志摩是浪漫主义诗人，他所憧憬的爱，是虚无缥缈的爱，

最好永远处于可望不可即的境地，一旦与心爱的女友结了婚，幻想泯灭了，热情没有了，生活便变成白开水，淡而无味。志摩对我不但没有过去那么好，而且干预我的生活，叫我不要打牌，不要抽鸦片，管头管脚，我过不了这样拘束的生活。我是笼中的小鸟，我要飞，飞向郁郁苍苍的树林，自由自在。

这是婚后陆小曼写给王映霞的信里的话，可谓一针见血。这点她没有林徽因明白得早，当年林徽因就知道徐志摩喜欢的自己并不是真实的自己，而是他自己臆想出来的林徽因。现在陆小曼也明白了，但那又能怎样，难道又要离婚吗？她没有选择离婚，但又遇到了一个人。这个人陪伴了她后半生。

他叫翁瑞午。

翁瑞午也是名门之后，他内功了得，能空手劈砖，还精通医术，尤擅推拿。陆小曼身体一直不好，就请他来看看，几次之后效果不错，陆小曼很受用，徐志摩也很感激。从此以后，陆小曼与翁瑞午就越发熟悉起来。翁瑞午性格很好，还懂艺术，陆小曼很喜欢他。

陆小曼开始吸食鸦片，也是因为翁瑞午的建议。翁瑞午说鸦片可以缓解病痛，于是她和翁瑞午两个人，经常一起横躺在客厅的烟榻上，隔纱并枕，吞云吐雾。这情形着实不雅，后来也有人说闲话了，徐志摩维护妻子，回应道：

> 夫妇的关系是爱，朋友的关系是情。罗襦半解，妙手摩挲，这是医病。芙蓉对枕，吐雾吞云，最多只能谈情，不能做爱。

这算是把她和翁瑞午的关系定格在了"情"字上，两人有感情，却不能升华为真爱。

后来，徐志摩要去北京任教，陆小曼心恋上海不肯同去，徐志摩只好作罢，只能不断往返于北京与上海之间，不为别的，只为给陆小曼送钱。次数多了，他也心生倦意，不再向往那种世俗幸福。

一九三一年十一月，陆小曼叫徐志摩赶紧送钱来供她抽鸦片，徐志摩觉得不能再这样由着她，要不然自己不累死也得气死。见面之后两人大吵，最后还动了手。

据郁达夫说：

> 当时小曼不听劝，大发脾气，随手把烟枪往徐志摩脸上去，志摩连忙躲开，幸未击中，金丝眼镜掉地上，玻璃碎了。

这样一来，两人矛盾激化。

这个月十九日，徐志摩毅然决定搭乘邮政的飞机回京，尽管之前还写信给陆小曼说徐州有大雾，头痛不想走了，准备返沪，可还是走了。这一走，即是永别。

中午十二点半，飞机在济南党家庄附近触山爆炸，机毁人亡。

那一年，徐志摩三十六岁，陆小曼也才二十六岁。

天有不测风云，人有旦夕祸福，无论是说因为林徽因的邀请，徐志摩才匆忙赶回北京导致丧命，还是说因为陆小曼那晚的行径导致他心灰意冷，才决定趁早回京，都是强行把悲剧发生的责任推给女人的思想在作祟，只能说他命中注定有这么一遭，运气不好没躲过。

听闻这一噩耗，陆小曼悲痛不已。她后来在《哭摩》这篇文章中写道：

苍天给我这一霹雳直打的我满身麻木连哭都哭不出来，浑身只是一阵阵的麻木。几日的昏沉直到今天才醒过来，知道你是真的与我永别了。

悲痛之余，她在书桌上写道："天长地久有时尽，此恨绵绵无绝期。"

爱也好，恨也罢，随风而逝。

徐志摩走了，可日子还得过。虽说不再出门交际，可抽鸦片也是相当大的一笔开销，没有了志摩，这钱哪里来？陆小曼也只能靠翁瑞午了。此后二十多年的时间里，都是翁瑞午陪着陆小曼度过。翁瑞午去世之后，他的女儿也还来照顾过她，陆小曼也算是晚年得有慰藉。她与翁瑞午做过约定：

> 不许他抛弃发妻。
>
> 两人不正式结婚。

有人说年轻的时候，翁瑞午是迷恋她的容颜才供养着她，可到后来她人老珠黄，萎靡不振，一口牙齿脱落得精光，他也没有放手。他变卖古董家产，后来靠女儿从香港寄来的钱，一直养着她，直至她去世为止。

他们之间的确没有爱，只有情。就像两个相依为命的老友，彼此割舍不掉又相互依偎，不求名分，不求其他，只是彼此搀扶着向前。

这份情，也是如此的宽广。

一九六一年，翁瑞午逝世。

这个陪伴陆小曼二十余年的男人还是走了。

晚年的陆小曼基本闭门不出，一身缟素，一心整理徐志摩的遗稿。一九六五年晚春，她对旁边的人说，最近常梦见志摩，自己和他也快要重逢了，还看到了王庚，梦见王庚和志摩两人在那个世界还没有和解，唉，算了，随他们闹，反正我也快要去了。

一九六五年四月三日，陆小曼逝世于上海华东医院，时年六十三岁。

临终之时，旁人问她还有什么事情要托付去办的，她说只是希望能与徐志摩合葬。这事最后未能成行，因为徐志摩与张幼仪的儿子徐积锴没同意，最后陆小曼被安葬在苏州东山华侨公墓。我曾经去看过她的墓，墓碑荒凉，上面有一张她年轻时候的照片，那时候的她，笑容灿烂，笑靥如花，犹如那四月的风。

站在她的墓碑前，一时无法言语，四周尽是荒凉的山丘与丛生的野草。我想起生前的她是那样的张扬热烈，如今静静地在这个地方安眠，不知道她的人走过这里，会以为这是一座极其普通的墓，知道她的人走过这里，也只能感叹一下这一段往事。忘了吧，愿世人都忘了吧。她这一株彼岸花，静静地开在这荒芜的山上。她的美，她的孤芳，她自赏。

胡适·江冬秀

彪悍的婚姻，不需要解释

引语

　　胡适身边不少人嘲笑他怕老婆，对此
胡适也非常识趣地说道："太太年轻时
是活菩萨，怎好不怕；中年时是九子魔母，
怎能不怕；老了是母夜叉，怎敢不怕！"

在胡适的感情生活中，先后出现过三个重要的女人：曹诚英、韦莲司和江冬秀。

江冬秀是胡适的原配夫人，在那些与胡适关系亲密的女人中，论学识、论美貌她都不会是胜者，可偏偏江冬秀就"搞定"了胡适，维持住了这段在外人看来或许不太匹配的婚姻，确实厉害。夫妻两人晚年琴瑟和鸣，过着安稳的生活。江冬秀没有像朱安那样被冷落，也没有像孙荃那样被抛弃，这位传统的乡下女子到底有何能量让胡适终究不敢"造反"？

胡适与江冬秀的婚姻是父母之命、媒妁之言，早在胡适十三岁的时候，双方的家长就定了这门亲事，那时的江冬秀十五岁。

这种传统的包办婚姻在当时的社会再正常不过了。谁也不会想到，十几年后这位小小少年能成长为大学者胡适，游历西方，给中国带来了一波思想文化浪潮。

江冬秀一八九〇年出生于安徽省旌德县江村，家境不差，祖上也曾官至翰林。江冬秀的舅母是胡适的姑婆，在两家人偶然的一次碰面中，江冬秀的母亲看中了尚且年幼的胡适，觉得此子眉清目秀、气质非凡，便询问其生辰八字，拿来与江冬秀的一合，确认命中无冲，便订了这门婚事。

婚事是订了，成婚却还须等到二人成年后。胡适继续铆足了劲读书，一路从安徽念到了上海，从上海又念到了美国。这让家里人始料未及，江冬秀也担心了起来，她害怕见识了花花世界的胡适与自己的距离越来越远，无论是地理上还是心理上。外面好看的女人那么多，谁也不知道胡适会不会乱来，想想这些江冬秀就忍不住哭。

而正好这时候在美国的胡适与韦莲司处于蜜月期，各种闲言碎语传回了这个闭塞的乡村。胡适的母亲冯顺弟和江冬秀着了急，家里催促胡适赶紧回来完婚。

人的痛苦和焦虑，在很大程度上来自对未来的不确定性，就如此时的江冬秀一样，既希望胡适有出息，又害怕他有出息之后和自己的距离越来越远，这种矛盾煎熬着她。

正如江冬秀所担心的那样，胡适开始想摆脱这从未谋面的未婚妻。胡适自认风度翩翩、学识过人，是新思想熏陶下成长的进步青年，怎么能束缚于传统的旧式婚姻呢？特别是在去往美国之后，胡适遇见了韦莲司，这让他更加坚定自己的信念，他要的是能与他共饮对谈的女子，绝不是只会洗衣做饭的妇人。很快胡适就在家信中提出退婚。

退婚！这着实让江冬秀吃了一惊，她担心的事情终究变成了现实。江冬秀这时已经二十好几了，同龄的姑娘大多已为人妻，更何况，为了照顾陪伴胡适的母亲，江冬秀早已以胡家儿媳的身份住了进来。如果真的退婚了，江冬秀恐怕再难嫁人。

与她一样震惊的还有胡适的母亲冯顺弟。胡适早年丧父，是母亲含辛茹苦把他抚养成人的，胡适断然不敢伤母亲的心。因此，面对母亲的激烈反对，胡适只好妥协了，接受了母亲对他婚姻的安排，正如胡适自己说的那样，这份婚姻就是一份苦涩的礼物。

一九一七年夏季，胡适依依不舍地告别大洋彼岸的挚爱韦莲司，回国赴北京大学任教，成为北京大学最年轻的教授。胡适暑假期间返乡，探望母亲并商定结婚事宜。回来之后胡适倒真想见见江冬秀，看看这位女子到底是何模样，哪晓得害羞腼腆的她却躲在床帐中不肯出来。

胡适和江冬秀最终还是得以顺利完婚。那是一场别开生面的婚礼，没有旧式礼节，而是效仿西式的婚礼，两人在结婚证书上互相用印，之后证婚人用印，双方交换金戒指，用鞠躬代替磕头。这种做法在当时十分新潮，胡适自己写了一副对联：

旧约十三年

环游七万里

这算是对他自己这十几年来的生活的一个诠释，无论飞多远，终究是要回来履行这份婚约的。然而正是在婚礼上，胡适又看上了与自己有亲戚关系的表妹曹诚英，两人后来还闹出了不少故事。

完婚之后，胡适返回北京，江冬秀依旧在家照顾老人。不久，胡适的母亲冯顺弟病逝，这让江冬秀很是难过，毕竟悉心照料了老人十几年，两人之间已有深厚的感情。更实际的问题是，没有了母亲的约束胡适会不会抛弃她？要知道胡适能来完婚在很大程度上是因为老太太的坚持。想到前路艰难，江冬秀又不禁伤感了起来。

然而，这次她的担心并没有变成现实，胡适在第二年就把江冬秀接到了北京生活。江冬秀从一个普通的乡下妇人转变成了大学者的太太，这让她难以适应。她没想到自己的先生胡适在北京享有如此高的威望，遍地是朋友。胡适带她一起逛琉璃厂看古董、看戏、吃烤鸭，这让从淳朴乡村走出来的江冬秀大呼过瘾。

一九一九年，江冬秀生下长子胡祖望，后来又生下次子胡思杜，一家四口的生活倒也有趣。

尽管来了北京，胡适与江冬秀的生活习惯还是有很大差别。比如江冬秀经常晚上去打麻将，出门之前先煮一个茶鸡蛋，用饭碗一扣，再沏一壶茶，就走了。一开始胡适还会吃江冬秀留下的茶叶蛋，后来，胡适就不怎么吃茶鸡蛋，改吃饼干了，正如胡适说的："我太太最好，她去做她的，我做我的。"

胡适是个热情好客的人，朋友太多，每逢佳节家里有客人来，江冬秀总是会弄上几道徽州菜，她的菜深受客人们的欢迎。但更多的时候，他们聊的她不知道，他们说的她听不懂，而她自己一口乡下土话，开口都难为情。胡适每天出去演讲，会朋友，在家看书、写稿，关于这些他很少跟江冬秀说，而她也明白自己是插不上话的。江冬秀听不懂也不多问，做好自己相夫教子、勤俭持家的本分，让他静心地做自己的事情足矣。唐德刚戏言：

> 胡适大名重宇宙
>
> 小脚太太亦随之

时间久了，大家也都知道胡适娶了一位土太太，难免有些闲言碎语。有时候两人出门散步也会有人指指点点，出言不逊。对于这些，她尚且可以不在乎，可胡适的超强女人缘让她惴惴不安，极度缺乏安全感。在这个城市，她孤独，无法融入环境，看似生活无忧，实则苦闷，还遭邻居的嘲讽。江冬秀有脾气，为人处世老练，把家里打理得井井有条。然而，胡适终究还是"翻墙"了。

前面提到，胡适在婚礼上遇见了曹诚英，两人此后一直保持着联系。后来胡适去往杭州养病，曹诚英前往悉心照顾，两人陷入情网。这件事情经胡适那"不锈钢交情"的徐志摩的大嘴巴传回了北京，搞得满城风雨、人尽皆知。

胡适回京之后向江冬秀提出离婚。江冬秀听到后大为光火，冲进厨房拿着把菜刀就出来了。江冬秀怀里抱着两岁的小儿子，带着五岁的大儿子，一手挥舞着菜刀，说要离婚可以，我先把两个孩子杀掉，然后再杀了你。多亏亲戚石原皋劝住，胡适才没挂彩。

此时的胡适早吓得面如土色，退避三舍，再也不敢提这茬了。

江冬秀用彪悍守住了自己的婚姻，在一把菜刀的威慑下，胡适再也不敢谈离婚二字，可见江冬秀的泼辣和厉害。

我想，江冬秀应该是很了解胡适的秉性和脾气的，从他尽管不愿结婚但也不敢违抗母命来看，他是一个在乎伦理和道义的人。同时，他又非常爱惜自己的名誉，江冬秀料定他不敢为了一个女人把自己的英名败坏掉。

或许你会说，难道江冬秀就靠这个"搞定"了胡适？她就不怕这彪悍的脾气总有一天会让胡适也忍不了？当然不是，江冬秀除了有脾气暴躁的一面，也有体贴细致的一面，"硬手段"和"软实力"结合才有最大的能量。

有次胡适生病了，江冬秀专程写信表达关心，信中写道：

> 你前两星期给我的信，你说十三四大概可以动生（身），你叶（叫）我不必写信把你，故我就没有写信把你，但是你到今天也没有回京，也没有写信把我，叶（叫）我这四天心里着急得不得了。还是你又发病了，还是有另（外）的缘故？我日晚挂念和着急。

你这一次离京，我没有一天心里不发愁，加只（之）你叶（叫）我盼望和着急，这是怎样说发（法）呢？高先生说你到上海再不能住了，说你这一尚（向）又没有一（以）前的身体好了。我今天听他说你今天不狠（很）好，我心里好比刀割一样。无论如何，我求你见我的信就赶快回京为要。

接到这封错字百出的信，胡适非但没有责怪，反而觉得可爱，心中不禁泛起一片温柔的涟漪，心想家中总有一个人牵挂着他。江冬秀虽然泼辣，但内心柔软，外表强硬只是因为怕别人欺负她而故作彪悍。胡适看着这封信，专门写诗一首：

> 病中得他书，
> 不满八行纸。
> 全无要紧话，
> 颇使我欢喜。

欢喜是自然，这种病中得到的关心是最让人感到温暖的。江冬秀大可找人代笔写出一封情深意切的信，可她没有，尽管知道自己学识有限，会写错字，也一样"我笔写我心"，可见她是个性情中人，不会矫揉造作。

除了无微不至的关怀，江冬秀在胡适做出一些抉择时也会说出自己的见解。尽管谈不上深刻，但是她懂胡适，知道他的脾气，会告诉他要注意哪些问题。比如胡适要去当官之际，她就写信说道：

> 你现在好比他们叫你进虎口，就要说假话，他们就爱这一套。你在大会上说老实话，你就是坏人了。我劝你早日下台罢，免受他们这一班没有信用的加你的罪，何苦呢？
>
> 你看了我这封信，又要怪我瞎听来的，望你不要见怪我吧。我对与（于）你，至少没有骗过你呀。

无论胡适是得意还是失意，是身居驻美大使的高位还是被贬成一介布衣，江冬秀都陪伴在他的身旁。

无论是在国内还是在美国的十几年，江冬秀虽然对环境陌生，甚至语言不通，但也过得不错，她打发生活中苦闷的方法除了看金庸的武侠小说，另一个就是打麻将。

江冬秀对搓麻乐此不疲，一路从北京搓到纽约，从纽约搓到台北。胡适对此深恶痛绝，但无可奈何，还是得赔着笑脸一起玩。

特别是在纽约的时候，那时候的胡适算是跌到了谷底，仕途暗淡，人生失意，刚开始连住的地方都没有，要挤在赵元任家里，但这丝毫不影响江冬秀搓麻，她白天黑夜不停歇，搞得胡适只好去图书馆静心写作。

一九五八年四月，胡适举家来到了台北，他特意腾出一套房子来供江冬秀搓麻，这让她很是开心。

到了台北，胡适难免要出门应酬，江冬秀时常会一起陪同前去，但她却不怎么会打扮。有次她围一条长围巾，穗子都拖到了地面上，胡适笑着说：

"太太，你就这样一副打扮呀？"

"不好看吗？"

"好看，好看！"

从胡适连忙说好看也能看出江冬秀在家中一向比较强势，后来不少身边的朋友嘲笑胡适怕老婆，关于这个，胡适也非常识趣地说道：

太太年轻时是活菩萨，怎好不怕；

中年时是九子魔母，怎能不怕；

老了是母夜叉，怎敢不怕！

为了给自己怕老婆找科学理论，胡适收集了国内外各种关于怕老婆的故事、漫画和笑话，居然还真有新发现。在全世界一百多个国家里，只有德国、日本、苏联三个国家没有怕老婆的故事，由此他得出结论：凡是有怕老婆故事的国家，都是自由民主的国家，凡是没有这种故事的国家，都是独裁或集权的国家。

一九六二年二月二十四日，胡适在为他最得意和欣赏的女学生、著名的物理学家吴健雄女士举行的欢迎酒会上，心脏病突发去世。蒋介石送给他的挽联是这样写的：

新文化中旧道德的楷模

旧伦理中新思想的师表

胡适去世后，江冬秀悲痛万分，在场的医生不得不给她打了两针大剂量的镇静剂，但这也未抑制住她那悲痛的情绪，后来她甚至想过吃安眠药自杀。胡适生前，她对胡适倾注了一生的心血，任劳任怨；胡适离世后，她在设立胡适纪念馆、修缮胡适墓园上也花费了不少的心力，在后来出版胡适日记的问题上也展现了自己果敢的一面。当时江冬秀想要整理胡适留下的遗稿，但作为胡适曾任职的研究院院长的王世杰下了指示：没有他的同意，研究院胡适纪念馆里的任何一张纸片都不能随便拿出来！"但不久他自己却要从胡适纪念馆中取走胡适日记。王世杰说："胡适日记是公物，是公器。"

江冬秀听闻，一怒之下从家中跑来，把王世杰大骂了一通，并把全部胡适日记手稿带走了。后来她害怕这批日记受潮霉烂，特意买了一个保险柜，把日记手稿全部装了进去，使这批手稿得以完好保存。

在胡适去世十三年后的一九七五年，江冬秀病逝，享年八十五岁。

相比朱安，江冬秀是幸运的。晚年的她俨然家中的"老佛爷"。她泼辣有魄力，任劳任怨不做作，这才是她的可贵之处、厉害之处。胡适的最佳精神伴侣是韦莲司，但最好的生活伴侣只能是江冬秀。胡适的一生也感激江冬秀的付出。

爱情和生活，哪个更重要？轰轰烈烈爱恨缠绵之后，终究要回到生活。生活是什么，其实就是柴米油盐酱醋茶。无数夫妻间的爱情在生活的磕磕碰碰中灰飞烟灭。或许，爱情是天空中翱翔的飞机，而生活是机场。想要在蓝天中翱翔，首先要维护好机场。想要爱情长久地滋润心灵，一定离不开两个人对亲密关系的经营。

鲁迅·许广平

小白象与小刺猬，
他们相拥而爱

引语

鲁迅说："我脾气不好。"

许广平说："因为你是先生，我多少
让你些，如果是年龄相仿的对手，我不会
这样的。"

许广平一八九八年二月十二日出生于广州番禺，许家是当时广州的大家族，祖上三代为官，家世显赫。她的祖父许应骙曾是慈禧身旁的大红人，她还有个堂哥许崇智，是后来粤军的总司令，还是黄埔军校的创立人之一。顺带说一下，有一个香港演员喊许广平为姑婆，那个演员就是许绍雄。

许广平的父亲许炳枟在家族中地位就差了些，一是因为他是庶出，二是因为家族太大，人们只会注意那些光宗耀祖的人。许炳枟一生未为官，他为此愤愤不平，所以在对许广平的教育上，他虽然知道女孩无考取功名的可能，但还是希望她能有出息，像个男孩一样自立自强。这就注定了许广平的性格里有独立、主动、勇敢的成分。

许广平刚出生三天，徐炳枟在酒桌上头脑一发热，就给许广平包办了婚姻，把她许配给了当地一个马姓人家。这马家平日里在乡里之间名声就不好，属于土豪劣绅一类。可说出去话收不回来了，弄得全家都很无奈。

许广平长大知道了这件事后的表现颇有豪杰做派，她直接对马家的人说，这事算不得数，那是我父亲喝醉了应下的，我是坚决不同意的，把马家人说得惊愕不已。最后，在许家给了一笔退婚费的情况下，这个婚约才得以了结。这件事充分展现了许广平性格中的刚烈。假设当时她顺从了，也许十七八岁就嫁进了马家，那就不会有日后的传奇了。

许广平摆脱了婚约之后，于一九一七年考入了天津女子师范学校，她与凌叔华还是同期校友。毕业后她又考入北京女子高等师范学校，时间是一九二二年。

在北京的日子里，她与一位叫李晓辉的同乡男子相识，两人一度热恋。后来许广平患了猩红热，而李晓辉在照顾她的时候不小心被传染了，结果没过多久就去世了。"我不杀伯仁，伯仁却因我而死"，这事对当时的许广平打击很大，她一度低迷。时隔十八年后，她还曾写下过这样哀痛的话语：

霞的怆痛，就像那患骨节酸痛者的遇到节气一样，自然会敏感到记忆到的，因为它曾经摧毁了一个处女纯净的心，永远没有苏转。

在北京女子高等师范学校时，正值社会思想解放浪潮席卷而来，学生运动更是时常发生。当时的校长杨荫榆不希望学生被卷到运动中，希望她们安静地在校上课。可这哪能摁住群情激奋的学生？双方矛盾激化，最后闹到教育部，学生要求撤换校长，被拒绝了。后来学校秋后算账，把带头的学生开除了，其中就包括刘和珍与许广平。这引发了当时师生的不满，不满的人中就包括鲁迅。鲁迅发文支持学生运动，还不惜和文学评论家陈西滢打起了笔仗，这场笔仗轰动一时。

为什么鲁迅会关注此事？因为当时他正好在那里教书，而许广平是他的学生。一九二三年十月，时年四十二岁的鲁迅开始了在北京女子高等师范学校的执教生涯，主讲中国小说史。正是在这堂课上，许广平见到了这位身材不算魁梧，却早已名满天下的老师。他在怒发冲冠滔滔不绝地讲着课时，浑身就像在散发光芒一样，令许广平倾慕不已。在鲁迅的课堂上，她永远是坐在第一排的那一个，也是最专注的那一个。多年以后，许广平回忆起鲁迅上课的情形时依旧陶醉：

许久许久，同学们醒过来了，那是初春的和风，新从冰冷的世间吹拂着人们，阴森森中感到一丝丝暖气。不约而同的大家吐一口气回转过来了。

而鲁迅也对这位女学生印象深刻，她的聪敏让鲁迅颇为欣赏。孙伏园就曾回忆说，鲁迅家中不乏女学生，他爱的是长的那一个（指许广平），因为她最有才气。而许广平则把自己对鲁迅的这种仰慕化成了书信。一九二五年三月，许广平提笔给鲁迅写了第一封信，诉说自己被开除学籍的苦闷，信中写道：

先生！有什么法子在苦药中加点糖分？有糖分是否即绝对不苦？现在的青年的确一日日的堕入九层地狱了！或者我也是其中之一。

先生！我现在希望你把果决的心意缓和一点，能够拯拔得一个灵魂就先拯拔一个！

先生呀！他是如何的"惶急待命之至"！

她万万没想到鲁迅很快就回了信，信中还亲切地称她为"广平兄"，这把许广平吓了一跳，直呼"决无此勇气和斗胆"来承受这个"兄"字。其实许广平的惶恐大可不必，鲁迅在很多信件中都会在称呼后面加这个"兄"字，并不是真把许广平当"老哥"看待。回信中鲁迅写道：

> 苦茶加糖，其苦之量如故，只是聊胜于无糖。但这糖就不容易找到，我不知道在哪里，只好交白卷了。

鲁迅的坦然让许广平很是受用，此后两人开始了频繁的通信。许广平时常向鲁迅表达自己的困惑，鲁迅也时常给许广平寄去《语丝》《现代评论》等刊物，还指导她写文章，并帮助她发表。许广平在信中曾这样表达收到鲁迅的信和杂志时的心情：

> 正如在寂寞的空气里，不知不觉的发生微笑。

一个多月之后的一天，许广平和同学去了鲁迅的家里，大家一起谈天说地。许广平还见到了鲁迅的母亲鲁瑞和妻子朱安，她渐渐地走进了这位老师的生活里。

此时的鲁迅正值感情的焦虑期，朱安能为他提供生活上的照顾，但这并不是鲁迅所期望的婚姻，他要的是一个能知他懂他精神世界的女子。而此时许广平就担任了鲁迅精神世界里的这样一个角色。

鲁迅原本对爱情已心如死灰，对似情非爱的东西他自己也说不清。比如他与当时北大的美女马珏，还有一位叫许羡苏的女子都有非常密切的往来，鲁迅与许羡苏之间的往来书信有近百封，而他与许广平之间也就只有八十封左右，许羡苏还给鲁迅织过毛衣。但鲁迅对这两位终究没有产生爱情，一直处于发乎情止乎礼的状态。而许广平的到来把以前的设定全部推翻了，几番交往下来，鲁迅那平静的心中也泛起了波澜。许广平将炽热的感情化成一字一句，她对鲁迅的仰慕迅速转化成了爱恋，面对鲁迅的踌躇不前，她先大胆地表露了自己的心迹。

鲁迅说："为什么还要爱呢？"

许广平说："神未必会这样想！"

鲁迅是一个思考者，他考虑的事永远比其他人多。身边的朋友劝他把朱安送回老家或者让她另嫁的时候，他拒绝了，他不忍心把朱安推向世俗的深渊。如今倘若他和许广平在一起，也必然面对一个名分问题，如不能正式结婚，将会使许广平背负巨大的舆论压力。

另外，与朱安的关系如何处理？此时的鲁迅已经四十五岁了，而许广平才二十出头，这种年龄差是否会带来问题？当时鲁迅在政治上受到了一些管控，这之后是否会牵扯到许广平？这些问题都让鲁迅犹豫不决。

许广平很敏感地捕捉到了鲁迅的种种担忧，对于这种世俗的问题她倒不在意，直接在信中说道：

> 我们以为两性生活，是除了当事人之外，没有任何方面可以束缚，而彼此间情投意合，以同志一样相待，相亲相敬，互相信任，就不必要有任何俗套。

好一个"不必要有任何俗套"，这种坚定的信念感染着鲁迅。终于，鲁迅决定闯一闯，在给许广平的回信中写道：

> 我可以爱！
>
> 你战胜了！

这是一九二五年十月二十日的夜晚。

鲁迅的回复后来被许广平写在了《风子是我的爱》一文中，从中可以感受到当时许广平内心的欣喜若狂。

> 风子是我的爱，于是，我起始握着风子的手。
>
> 奇怪，风子同时也报我以轻柔而缓缓的紧握，并且我脉搏的跳荡，也正和风子呼呼的声音相对，于是，它首先向我说："你战胜了！"

翌年三月，鲁迅在日记中写下两人同居的字句，对于这段感情的走向，鲁迅此时尚无把握。他认为许广平对自己在很大程度上是抱着对偶像的心态，但一旦进入了生活中，她能否包容自己的各种习惯还是个未知数。关于这点，许广平也是心知肚明，所以她又说道：

> 假使彼此间某一方面不满意，绝不需要争吵，也用不着法律解决，我自己是始终准备着独立谋生的，如果遇到没有同住在一起的必要，那么马上各走各的路。

同居日子里，许广平帮鲁迅整理书稿，做得又快又好。她还照顾他的生活，鲁迅这才开始了真正意义上的婚姻生活。鲁迅的文字虽然依旧锋利，但字里行间开始有了温情。

许广平对鲁迅的照顾细致入微，但对自己可就没这么好了，用萧红的话说：

> 许先生（许广平）对自己忽略了，每天上下楼跑着，所穿的衣裳都是旧的，次数洗得太多，纽扣都洗脱了，也磨破了，都是几年前的旧衣裳。
>
> 许先生冬天穿一双大棉鞋，是她自己做的。一直到二三月早晚冷时还穿着，买东西也总是到便宜的店铺去买，再不然，到减价的地方去买，处处俭省，把俭省下来的钱，都印了书和印了画。

在刚开始的一段时间，鲁迅有意无意地让许广平低调，他们的关系有点地下情的味道，他对外只说许广平是帮助他校稿的。他们一起和友人去杭州游玩，晚上睡觉的时候鲁迅特意定了有三个床位的房间，让他的朋友许钦文睡中间那张床，他和许广平分睡在两边的床上。反倒是许广平非常坦然。她写道：

　　不自量也罢！不相当也罢！同类也罢！异类也罢！合法
也罢！不合法也罢！这都与我们不相干，于你们无关系，总之，
风子是我的爱。

　　一九二六年夏，鲁迅接受厦门大学文学系主任林语堂的邀请，
准备到厦大国学院任教，而许广平也已从女师大毕业，准备去广
东女子师范学校教书。这样两个人可以一起离开北京南下，但还
是会分别两地，一个在广州，一个在厦门。他们商定暂时分开，
各自努力奋斗。

　　在这段两地分离的日子里，两个人在书信上诉说着各自生活
中点点滴滴的琐碎小事，这些信后来集成了《两地书》，随意摘
几段各位看看：

　　今天晚饭是在一个小铺里买了面包和罐头牛肉吃的，明
天大概仍要叫厨子包做。又自雇了一个当差的，每月连饭钱
十二元，懂得两三句普通话。但恐怕很有点懒。

　　现时我又和你写信了。卅日写起了一纸，本待寄去，又想，

或者就收到你信，所以又等着，到现在，四天了，中间有礼拜六、日，我想明天或者有你来信，但是我等不及了，恐怕你盼望，就先寄给你吧！

现时是十点半，是我自己的时间了。我总觉得好久没有消息似的，总是盼望着，其实查一查，十八才收过信，隔现在不过三天。

一九二八年，他们在上海定居。一九二九年九月二十七日，他们的孩子海婴出生。"海婴"这个名字是鲁迅取的，意为在上海出生的婴儿，而乳名则叫"小红象"。周海婴出生之后，他们的关系才算是被大家知晓了，当远在北京的朱安知道之后，也只是淡淡地说了一句："我早就猜到了，以前他们常常一起出门去。"

在许广平怀孕的时候，鲁迅因为母亲生病回了一趟北京，中间有二十几天两人是分离的。就在这段短暂的分离时间里，两人还不忘书信传情，许广平称鲁迅为"小白象"，而鲁迅则称许广平为"小刺猬"。"小白象"的出处是林语堂曾夸鲁迅是一头白象，非常珍贵；而"小刺猬"的出处则是鲁迅有一块石刻镇纸，上面镌着一只可爱的小刺猬。

生活中的鲁迅和许广平也会有些小矛盾，很多时候是许广平做出一些让步的。萧红说："许先生是忙的，许先生的笑是愉快的，但是头发有一些是白了的。"在内心深处，许广平还是把鲁迅当作老师，她自己也说："我自己之于他，与其说是夫妇的关系，倒不如说不自觉地还时刻保持着一种师生之谊。"

鲁迅说："我脾气不好。"

许广平说："因为你是先生，我多少让你些，如果是年龄相仿的对手，我不会这样的。"

一九三四年是他们认识十周年，鲁迅写了一首情深意切的诗送给许广平：

十年携手共艰危，以沫相濡亦可哀。

聊借画图怡倦眼，此中甘苦两心知。

一九三六年十月十九日，鲁迅在上海病逝。

这一年，许广平三十八岁，海婴年仅六岁。

临终前，鲁迅曾紧握着许广平的手嘱咐她："忘记我，管自己的生活！"

可许广平怎么会忘记他？她在鲁迅去世后，孤身一人抚养儿子周海婴，整理鲁迅的书稿，还担负起了鲁迅原配朱安的生活费用，每月按时汇款。朱安也直夸说许广平待她很好，是个好人。许广平说：

> 等我终于整理了你的书稿，终于养大了海婴，便也来寻那安静的去处。

此后的岁月里，她奋力保护鲁迅的书稿，为此她还曾经在日本宪兵队忍受了两个多月的酷刑。有不少的亲朋好友劝她不必从一而终，要去找个适当的伴侣，但她都拒绝了。

一九六八年三月三日，许广平因心脏病突发去世，享年七十岁。发病是因鲁迅手稿失踪而引起的，她在生命的最后一刻都不忘保护这些手稿。

鲁迅与许广平的开始，有点像沈从文与张兆和，同样是师生恋。不同的是许广平比张兆和更能理解伴侣。鲁迅的前半生婚姻不幸，老天给了他后半生的安稳，许广平也愿意做这位斗士背后那位女人，他们的爱与勇敢成就了一段传奇。

巴金·萧珊

你许我岁月静好，
我还你现世安稳

引语

　　一生选一人，择一城，生同眠，死同穴，
生生世世都要在一起。巴金与萧珊二十多
年相濡以沫，两个人在一起，朝着相同的
方向努力，相互扶持，这就是最好的爱情。

　　巴金是现代著名文学家，他的文字时而热烈时而低沉，但都充满着真诚。我年少时读他的散文和长篇小说，被那种如火的热情所深深触动，如今再读《家》《春》《秋》这样的作品，依旧感到激动不已。有时候我想，是怎样的一种心境让一个人笔下如此热情似火呢？

　　巴金原名李尧棠，取"巴金"这个笔名是为了纪念他留学法国时的一位同学巴恩波。他们曾有过一段短暂的友情，后来离别，离别不久这位同学便投水自尽，这让巴金很是伤感，正好那时他在翻译克鲁泡特金的著作《伦理学》，于是各取一字便有了笔名"巴金"。由此可见，巴金是一个很重感情的人。

　　巴金与萧珊的爱情很圆满，在那个社会剧变、思想解放的时代实属难得，正如冰心说的那样："巴金最可佩服之处，就是他对恋爱和婚姻的态度上的严肃和专一。"

一九三六年，上海。此时的巴金已在文坛上崭露头角，凭借长篇小说《家》声名鹊起，一颗文坛新星正在冉冉升起。《家》里表达的那种对爱和理想生活的追求，让当时的年轻人狂热不已，无数读者慕名写信表达喜爱和仰慕之情，那段时间巴金每天都会收到许多读者来信。有一天，有一位十九岁少女经过一宿的紧张和羞涩之后也投出了一封信。

巴金像往常一样拆开读者们的来信，打开这一封的时候，一张照片滑落了出来。巴金拾起一看，照片中的女孩留着短发，头上戴着花边草帽，嘴角洋溢着灿烂的笑容。翻过照片一看，上面写着："给我敬爱的先生留个纪念。"

巴金看到后哭笑不得，不过还是很认真地看完了那封信，并给她回了一封信。此后这位小姑娘成了来信最为频繁、言语最为真挚的读者。这样以文会友半年后，这位小姑娘在信中大胆地写道："笔谈如此和谐，为什么就不能面谈呢？希望李先生能答应我的请求。"她还在信中写明了见面的时间、地点，并顺带放了一张照片，生怕巴金到时候认错人引起尴尬。

这个勇敢而热烈的小姑娘就是萧珊。

萧珊原名陈蕴珍，因为在家中排行老三，大家都习惯叫她小三，于是就取了笔名萧珊。

巴金面对如此真诚热烈的萧珊，一时也没了主意。思前想后还是决定前往新亚饭店赴约，一路上战战兢兢。

巴金到了饭店，正坐在一个包间里品着茶，只见一个身着校服的女生蹦蹦跳跳地出现在眼前，热情地和他打招呼，言谈举止并不像是第一次见面，更像是见一位许久未见的老友，丝毫不觉得尴尬。

萧珊的活泼让拘谨不善言辞的巴金放松不少，巴金不禁说道："你比我想象的还像个娃娃呢。"

两个书信往来半年的好友就此攀谈起来，萧珊用她的热情和活泼化解了巴金心底的那一丝戒备和不安。他们从家庭谈到学习，从生活谈到理想，一番对谈下来，巴金对眼前这位女子有了更深的了解。萧珊跟他倾诉了自己的苦闷，原来她的父亲对她和弟弟管教甚严，处于青春期的她却有着仗剑走天涯、以梦为马的理想，于是，她想要离家出走。

巴金一听，连忙说切不可鲁莽行事，社会复杂、人心不古，青葱年纪涉世未深，贸然离家出走必然会让父母担心。一番话说得语重心长，萧珊离家出走的念头便也消退了几分。

一个是名满文坛的作家，一个是懵懂年纪的少女，一个沉稳睿智，一个热情活泼。萧珊被沉稳睿智的巴金所深深吸引，在往后的信中毫不掩饰自己的爱恋。萧珊写道："我永远忘不了从你那里得来的勇气。"

当巴金收到如此炽热的信时，自然心中有过万分感慨。对萧珊，他是一直当作小朋友看待，回复的信中都称她为小友。他也看出了萧珊心中的情愫，但两人之间有十三岁的年龄差距，这让他不知如何是好。所以，巴金一直在逃避。

萧珊倒是对年龄差距不以为意，她向来胆子大，敢想敢做，经常跑去巴金供职的出版社找巴金，寻求解答人生困惑。有段时间巴金的朋友马宗融要离开上海，请他帮忙照料家里，萧珊就借此机会经常去串门，帮助巴金整理资料、打扫卫生。巴金面对萧珊的热情没有办法拒绝，只能任由她打理。这一来二去，无论是巴金自己，还是他身边的朋友，都觉得两人倒也般配。

还没等巴金想明白到底要如何处理与萧珊的关系，一件突发的事情加速了事情的进展。

一天萧珊去往巴金的住处，很开心地上楼，不久却哭着下了楼。

旁人还以为是巴金欺负了这位活泼可爱的姑娘。随即巴金也赶了下来，两人面面相觑都不言语。

原来是萧珊的父亲给她定了一门亲事，她自然不愿意，因为她的心早有所属。萧珊内心彷徨惶恐，于是惴惴不安地跑来问巴金的意见，相当于摊牌。

巴金也没了主意，只能回答她说："这件事还得你自己决定。"

很明显，这个答案不是萧珊想要的。巴金随即又解释道："我是说你还小，一旦考虑不成熟，会悔恨终身的。将来你长大能有主见了，成熟了，还愿意要我这个老头子，那我就和你生活在一起。"

有句话就够了。萧珊更加坚定了自己的信念，那就是此生非他不嫁，至于巴金顾虑的年龄差距，她完全不在乎。

一九三七年，由于战事吃紧，巴金准备南下广州，萧珊也要跟着一起。事已至此总要有一个名分，于是巴金与陈家人在一家酒楼吃了一顿晚饭，就当是订婚宴。这样，两人算是正式在一起了。

这一年，巴金三十三岁，萧珊二十岁。

从广州到武汉，再从武汉到桂林，战乱虽然让两人暂时没法依偎在一起，但他们彼此的心却紧紧相连。一九四二年，萧珊来到了桂林陪伴巴金。望着身边的老友们一个个离开桂林，只剩他独自留下，萧珊明白他的孤寂，懂得他的心思，于是对巴金说道："你不要难过，我不会离开你，我永远在你身边。"

一年后，巴金安顿好家人之后正式与萧珊结婚。

这一年，巴金四十岁，萧珊二十七岁。

从十九岁时的爱慕到如今的相守，萧珊从没有放弃，八年的执着与等待，让她终于在巴金的世界里得到了应有的位置。此后的岁月里，烽火连三月也好，运动斗争也罢，都没能将他们分离。此生再没有什么能将他们分离，除了死亡。

结婚的时候，新房是借的，没有大摆筵席，只是向双方亲属发了一张简洁的结婚通知。第二年，他们生下了女儿李小林，五年后，又添了儿子李小棠。

萧珊是幸运的，巴金是幸福的。萧珊调皮地对巴金说："以后不许再叫我小女孩了，我现在是您的妻子了。"巴金听完哈哈大笑，连忙说道："好好好！"

新中国成立后，巴金越发忙碌起来，这样家里的事情就全部落在了萧珊的身上。最为艰苦的那三年，萧珊把最好的留给孩子，自己则忍耐着物质的匮乏。

一九七二年六月，巴金从下放的干校回家，此时萧珊已经病卧在床许久，高烧不退，一时间也没人说得清病情如何，直到七月，才托关系去医院检查，发现是肠癌。此时的癌细胞已经扩散到了肝部，必须要动手术了。在手术前，萧珊对巴金说："看来，我们要分别了。"

巴金只好用手轻轻捂住萧珊的嘴巴，眼泪却不禁流下。二十多年相濡以沫，如今却要面临永别，叫他如何不心痛、不肝胆尽碎？手术后巴金寸步不离地照顾着萧珊，面容也日渐憔悴。巴金不断陪她说话，生怕她一睡不醒。萧珊望着床边满脸倦容的巴金，也喃喃说道："我不愿丢下你，我走了，谁来照顾你啊？"

巴金无言，只能祈祷萧珊能快快好起来。

不幸的是，手术后的几天，萧珊的情况一直不容乐观。第五天，巴金正在家里准备吃午饭，接到电话说萧珊已经走了。巴金一听便慌了神，叫上全家人就往医院赶去，等到了医院，巴金再也忍不住，情绪失控地一直喊着她的名字。

她非常安静，但并未昏睡，始终睁大着两只眼睛。眼睛很大、很美、很亮，我望着、望着，好像在望快要燃尽的烛火。我多么想让这对眼睛永远亮下去，我多么害怕她离开我。

然而萧珊还是永远地闭上了那双美丽的、让巴金眷恋不已的眼睛。巴金再也见不到她活泼的身影了，再也听不到她喃喃的细语了，再也感受不到她的调皮了。巴金后来写道："想到死亡，我并不害怕，我只能满怀着留恋的感情。"

时光倒回三十六年前，萧珊的炽热温暖着巴金那低沉的心，萧珊曾经热烈地写道：

> 你永远是我的神，跟我的心同在。我的目光永远地跟随着你。我的心里永远有你。在艰苦中我会叫着你的名字。你知道我陪你走这一段路程有多么幸福吗？

于她而言，此生的陪伴便是最大的幸福。

萧珊去世后，巴金只能把怀念写在纸上，于是我们看到了《怀念萧珊》《再忆萧珊》这样温暖的文字。身边的朋友们也劝他再寻找一个伴侣，这样至少有一个人照顾他，巴金断然拒绝了朋友们的好意，回答道："不想找老伴，没有兴致和劲头。"

是的，他此生的爱已全部给了萧珊，他的生命中不会像梁思成那样再出现一个林洙相伴，巴金心中那个位置只能是萧珊的，没有人能够替代得了。巴金写道："这并不是萧珊最后的归宿，在我死了以后，将我俩的骨灰合在一起，那才是她的归宿。"

萧珊去世三十三年后的二〇〇五年，巴金去世，享年一百零一岁。

一生选一人，择一城，生同眠，死同穴，生生世世都要在一起。巴金与萧珊二十多年相濡以沫，两个人在一起，朝着相同的方向努力，相互扶持，这就是最好的爱情。

林语堂·廖翠凤

陪伴是最长情的爱恋，
相守是最美好的婚姻

引语

结婚的时候，林语堂做了一件奇事，他把结婚证书一把火烧掉了。

他说了这样一句话："把婚书烧了吧，因为婚书只是离婚时才用得着。"

张爱玲说："也许每一个男子全都有过这样的两个女人，至少两个，娶了红玫瑰，久而久之，红的变了墙上的一抹蚊子血，白的还是床前明月光，娶了白玫瑰，白的便是衣服上沾的一粒饭粘子，红的却是心口上一颗朱砂痣。"

在林语堂生命里就出现过这样两个人。然而，与张爱玲所写的不同，长久的相伴并没有消磨他与伴侣之间的感情，反倒让他们之间的感情更加深刻绵长。

林语堂与廖翠凤的相识与林语堂没有追到一位叫陈锦端的女子有关。一九一一年，十七岁的林语堂考入了圣约翰大学，他在学校有位好友叫陈希佐，两人关系非常好，只要放假林语堂就跑去他家玩，就这样认识了陈希佐的妹妹陈锦端。林语堂第一次见她就夸她生得其美无比，而陈锦端也早在学校就听闻林语堂博学多才。才子配佳人理所应当，两人就这样谈起了恋爱。

　　两人相恋的事很快就被陈锦端的父亲陈天恩知道了，他选择了棒打鸳鸯，原因是门不当户不对。陈家是当地的望族，陈天恩本人又是名医，而林语堂只是一个普通人家的孩子。陈天恩对林语堂说自己已经为爱女选好了乘龙快婿，请他好自为之。

　　这段无疾而终的感情给了林语堂巨大的打击，很长一段时间里他都情绪低沉，走不出阴影。而陈锦端最后也没有按父亲的意思嫁人，而是选择了出国留学。

　　后来陈天恩觉得此事自己有愧于林语堂，便把自己的邻居，钱庄老板廖悦发家的二小姐廖翠凤介绍给了林语堂，希望能成就美事一桩。于是，由他做东，宴请两位青年男女，想撮合二人成就姻缘。

　　廖翠凤已经注意林语堂很久了，林语堂风度翩翩、才情出众，是学校的风云人物，廖翠凤又怎么会不心动？

　　论相貌，廖翠凤的确比不得陈锦端，可论家世，廖家也是当地巨贾，差不了陈家多少。这样看来，在当时无论是陈家还是廖家，林语堂都是高攀了，那为什么最后廖家同意了这门婚事呢？这就要说到廖翠凤与陈锦端的不同。廖翠凤的性格有点像江冬秀，敢作敢当，行事如风，自己认定的事就不会改变。

　　这顿饭吃完以后，林语堂继续埋头读书，直到大学毕业，他对于自己与廖翠凤的关系仍没有表态，两人一直有交往但不亲密。受过一次伤的人怎么会马上进入下一段感情呢？陈父委婉的话语还在他的耳边回响，廖家也是富贾，想必也没这么容易让女儿与自己交往，也许这又会是一样的结局吧，何必自取其辱呢？林语堂心想。

但此时的廖翠凤却急了，这不清不楚不明不白的，好歹给句话啊！眼看林语堂快毕业了，她又不好意思主动，只能不停在心里念叨："林先生怎么还不肯来娶我呢？"

当两人最终决定走到一起的时候，果然，反对者站出来了。廖翠凤的母亲说："和乐（林语堂的本名）是个牧师的儿子，家里没有钱。"

廖翠凤坚定地回答说："穷有什么关系？"

陈锦端当时没能跟她的父亲说出这句话，而廖翠凤却勇敢地说了出来，并且顶住家里的压力，就认定了林语堂。穷有什么关系，又不是穷得吃不上饭，穷得住贫民窟，不过就是没自己家里住得大、吃得好而已。在廖翠凤眼里，只要和心爱的人在一起，粗茶淡饭胜过山珍海味，蓬门荜户胜过画栋雕梁。

廖翠凤的勇敢也打动了林语堂，看着她这样维护自己，林语堂十分感动，再没有什么能阻止两人在一起了。

一九一九年一月九日，林语堂与廖翠凤结婚。结婚的时候，林语堂做了一件奇事，他把婚书一把火烧掉了。他说了这样一句话："把婚书烧了吧，因为婚书只是离婚时才用得着。"

这件事后来成为美谈，这也是林语堂的处世哲学，他不会忘记眼前的这位女子不顾自己家庭清贫而义无反顾嫁给了他，从那刻开始，他就知道，这辈子，他们都不会分开。

婚后不久，林语堂带着妻子到了美国。他们拿着结婚时廖父给的一千元银圆，生活得十分拮据。两人在波士顿租了两间房，就此开始了留学生活。

他们的生活清贫但不困苦，因为廖翠凤会过日子。当年蒋碧微与徐悲鸿私奔到日本，两人面对柴米油盐只能大眼瞪小眼，因为蒋碧微出身大家，自然不会操持这些日常琐碎之事。同是出身大家的廖翠凤却不同，她家里做的是钱庄生意，耳濡目染，这位大小姐也很擅长精打细算。另外，她烹饪的功夫了得，变着花样做菜给林语堂吃，这点还真是不像从小十指不沾阳春水的大小姐，倒像一个普通的妇人。她勤劳、稳重、不要大小姐脾气，难能可贵。哪怕是他们后来在德国生活艰难，廖翠凤只好变卖首饰维持生活，她也没有半句怨言，也正是因为廖翠凤的"后勤保障"工作到位，才使得林语堂能将心思全用在学术研究上。

从美国到德国，从硕士到博士，林语堂在学术之路上笃定前行，廖翠凤一路陪着他，照顾他的生活。这期间他们想过要生小孩，但因为生活并不宽裕，一直没敢要。直到结婚四年后，廖翠凤才怀孕。这时候正好赶上林语堂博士论文答辩，林语堂倒是心宽，觉得自己没问题，廖翠凤却担心通不过，所以答辩那天出现了一个很温馨的画面，林语堂从一个房间答辩完毕走到另一个教授的房间继续答辩，而廖翠凤则挺个大肚子在门外焦急地徘徊。答辩直到十二点才结束，看到林语堂快步走过来，廖翠凤心急地问："结果怎么样了？"

林语堂说："合格了！"

听到这三个字的廖翠凤不顾大街上的人潮，向林语堂送上了深情一吻，她一颗悬着的心终于落地了。

一九二三年，林语堂与廖翠凤回国，林语堂任北京大学教授。这一年，他们的长女林如斯在厦门出生。

回国后的林语堂开始在文坛崭露头角，从《语丝》到《论语》，他用幽默和才气给当时的文坛带来了一股春风。他那时的文章风格活泼又不失辛辣，颇受大家喜欢，他提倡创作"以自我为中心，以闲适为格调"的小品文，嬉笑怒骂皆成文章。林语堂自诩"两脚踏东西文化，一心评宇宙文章"，这种东西文化都玩得转的笔风受到了当时美国作家赛珍珠的青睐，她还帮助林语堂在美国出版了《吾国与吾民》，让国外的读者近距离感受了中国文人的见识与趣味，林语堂因此一举成名，享誉欧美文坛。

一九三六年，林语堂应赛珍珠的邀请，一家去往美国，住在纽约。在美国的林语堂除了潜心写作以外，还热爱发明。在国内的时候，他就对打字机的改造念念不忘，英文打字机打中文不方便，于是他想自己制造一个中文打字机。到美国后，他在几年之内出版了七八本英文畅销书，将拿到的十多万元稿费投入到了打字机研发当中。最终，他耗资十二万才将打字机生产了出来，为此债台高筑。这种打字机虽然说也获得了专利，但最终因为造价昂贵和战乱的原因，并没有推广开来。

在国外，他不忘关心国内的时局。战争爆发后，他用笔鼓舞着中国军民奋战。一九四〇年，他还飞往重庆亲身了解中国抗战的现状。回到美国后，他积极为中国抗战做宣传，也指责美国政府当时的两面做派。

之所以讲到这两段，是想告诉大家，这两件事情没有廖翠凤的支持和理解是做不下去的。林语堂痴迷打字机，虽然花费了不少钱财，但廖翠凤依旧支持他。抗战时期林语堂到重庆，中间有许多不可预知的风险，廖翠凤又怎会不知？但林语堂心系国家，廖翠凤也理解林语堂的热血。

在生活上，廖翠凤也细心地照顾着林语堂，幸福在细节中流动，洋溢在彼此的心间。林语堂是一个很随性的人，对于西方那套烦琐的着装礼仪，他通通不喜欢，但廖翠凤对礼仪很看重，每次出门，都会将自己和林语堂打扮得整整齐齐，精致到连衣服的边角都没有褶皱。

当时无论在国内还是在国外，很多文人雅士在功成名就之后就会抛弃结发妻子，这种风气时常让廖翠凤感到不安。林语堂仪表堂堂，还颇有才情，刚到美国，就有隔壁的寡妇看上了林语堂，时常装作晕倒吸引他的注意，还把自己写的情诗给廖翠凤看，后来又有许多少女少妇注意他。林语堂知道廖翠凤的担忧后，只好哈哈大笑地说道：

> 凤啊，你放心，我才不要什么才女为妻，我要的是贤妻良母，你就是。

　　林语堂有时候也很调皮，比如他会把烟斗藏起来，然后像孩子喊妈妈那样呼喊妻子："凤，我的烟斗不见了。"廖翠凤只好急忙放下手中的活儿，说："堂啊，慢慢找，别着急。"随后廖翠凤就满屋子找，而林语堂则在一旁默默地燃起烟斗，悠然自得地看着。

　　廖翠凤看到后也不生气——谁让自己摊上这么个孩子气的主儿呢？林语堂内心的那孩子气的一面，也只有在廖翠凤面前才会展现出来。在外面他是别人仰慕的文学大师，在家里他就是个活泼的孩子，他会模仿廖翠凤的语气说："堂啊，你有眼屎，你的鼻孔毛要剪了，你的牙齿给香烟熏黑了，要多用牙膏刷刷，你今天下午要去理发了。"

　　廖翠凤在一旁又好气又好笑，只好说："我有什么不对？面子是要顾的嘛。"她用中国传统女性的温良恭俭，容纳了林语堂所有的放肆和不安分。廖翠凤是勤劳的、体贴的，也是幸运的，她感谢当年那个勇敢的自己。她明白自己的角色，在家她就是一个普通妇人，在林语堂回家的时候、写字劳累的时候，端上一杯热茶，做上一桌饭菜，这就足够了。这就是属于她与林语堂的幸福，虽不轰轰烈烈，却也柔情似水。对于她的付出，林语堂深怀感激地说道：

> 我好比一个气球，她就是沉重的坠头儿，若不是她拉着，
> 我还不知要飞到哪儿去呢。

一九六六年六月，林语堂一家回到了中国台湾定居。一九六九年一月九日，在台北阳明山麓林家花园的客厅里，一对喜烛点燃了，因为这天是林语堂与廖翠凤相濡以沫五十周年的金婚纪念日。他们本想低调，但还是被亲友知晓了，大家都开心地聚在一起为他们庆祝。这一天，林语堂把一枚金质胸针献给了廖翠凤，上面铸了"金玉缘"三个字，林语堂还给翠凤买了一只手镯，手镯上刻着詹姆斯·惠特孔·莱里艾利著名的《老情人》：

> 同心相牵挂，一缕情依依。
> 岁月如梭逝，银丝鬓已稀。
> 幽冥倘异路，仙府应凄凄。
> 若欲开口笑，除非相见时。

廖翠凤读着这首情诗不禁流泪，是啊，彼此磕磕碰碰走过

五十年，她知道自己不是林语堂的最初的爱，可是那又怎么样呢？五十年的相守早已将他们的生命紧紧系在了一起。

陪伴是最长情的爱恋，相守是最美好的婚姻。

十年后的一九七六年三月二十六日，林语堂病逝于香港，灵柩运回了台北，埋葬于阳明山麓林家庭院后园。林语堂去世后，廖翠凤时常一个人在墓前说话聊天。廖翠凤把故居和林语堂的图书资料捐赠了出来，设立了林语堂纪念馆，这是她唯一能为林语堂做的事情，就像胡适去世后的江冬秀一样，两位妻子都以此来纪念自己最爱的那个人。

一九八七年，廖翠凤在香港去世。

廖翠凤的一生是甜蜜的、快乐的。人生中最幸福的事就是和同床共枕的那个人一起嘻嘻闹闹，一起看着彼此鬓角渐白、牙齿渐松，然后相对掩嘴偷笑，彼此相依，共度一生。

梁实秋·程季淑

爱情和婚姻，
就该是这般模样

引语

　　程季淑去世后,梁实秋说："我像一棵树,突然一声霹雳,电火殛毁了半劈的树干,还剩下半株,有枝有叶,还活着,但是生意尽矣。两个人手拉着手的走下山,一个突然倒下去,另一个只好跟跟跄跄地独自继续他的旅程！"

梁实秋一九〇三年出生于北京，原名梁治华。他是一位大家，在时评写作、翻译上都有建树，散文也写得极好，还是中国第一位对莎士比亚作品进行研究和翻译的学者。

梁实秋出生于一个书香门第之家，从小父亲梁咸熙就对他就甚是严格，而梁实秋也不负父亲的希望，在文学上聪慧过人，十二岁就考入了清华学校，整整念了八年，二十岁的时候赴美留学。

一九二一年秋天，梁实秋还在清华念书。一天放学回家，梁实秋在父亲的桌上看到一张纸条，上面写着："程季淑，安徽绩溪人，年二十岁，一九〇一年二月十七日寅时生。"

一时摸不着头脑的梁实秋便问大姐这是什么情况，大姐就跟他说了整件事的来龙去脉。原来当时程季淑有一个同学叫黄淑贞，她与梁家人认识，觉得程季淑与梁实秋挺般配的，便向梁实秋的父母提了这事。

梁家父母虽然不赞成包办婚姻，希望以后梁实秋的婚姻能是自由恋爱的结果，但也觉得看一看也没关系，于是梁父就让梁实秋的母亲和大姐去见了程季淑。这一看，甚是满意，这才有了那张桌上的纸条。

　　"我看她人挺好，蛮斯文的，双眼皮大眼睛，身材不高，腰身很细，好一头乌发，绾成一个髻堆在脑后，一个大篷覆着前额，我怕那篷下面遮掩着疤痕什么的，特地搭讪着走过去，一面说着'你的头发梳得真好'，一面掀起那发篷看看。"

　　梁实秋赶忙问："有什么没有？"

　　答曰："什么也没有。"

程季淑出生于北京，祖籍是安徽绩溪，和胡适是老乡。她的祖父程鹿鸣曾任知府，为官清廉。她的父亲程佩铭曾在北京开了一家笔墨店，但后来因为科举废除，笔墨纸砚需求急剧下降而倒闭了，最后程佩铭不得不去关外谋生，在程季淑九岁那年客死他乡。

此后，程季淑便只能和母亲相依为命。母女的境遇十分悲惨，只能寄居在叔伯家，吃不饱穿不暖是常有的事情。程季淑不小心打坏了东西都要遭到严厉的呵斥，甚至要罚跪。

　　童年悲惨的生活在程季淑的人生轨迹中烙下深深的印记，自立自强是她唯一的念想，这个念想支撑着她一路走过来。

　　梁家人见她的时候，程季淑已经毕业了，在北京女子职业学校教书。因为她比梁实秋大两岁，所以相对成熟稳重，这很受梁家人称赞。

　　听到家人对程季淑评价甚高，梁实秋心里自然泛起了涟漪，心想，这个姑娘，我定是要见一见的。于是梁实秋写了一封信给程季淑，大致介绍了一下自己的情况，同时说希望与她交朋友。然而不知道是这封信没有送到，还是程季淑收到了没回梁实秋，总之梁实秋很久都没收到回复。

　　终于有一天，梁实秋收到一封信，信上说程季淑在女子职业学校教书，还留了一个电话号码。梁实秋拨通了电话，在电话中发起了见面的邀约，那头的程季淑犹豫了一下，便答应了。

　　于是在一个午后，梁实秋按时来到女子职业学校找程季淑，牵线人黄淑贞陪着程季淑一起过来了。相互介绍之后黄淑贞便借口离开，见黄淑贞要走，程季淑连忙说道："你不要走，你不要走！"

　　她的羞涩搞得在一旁的梁实秋十分尴尬，不过他对程季淑的确是满意的，认为程季淑有种不施粉黛的自然美，语言谈吐都得体，后来梁实秋回忆道：

> 那天程季淑穿了一件灰蓝色的棉袄，一条黑裙子，长抵膝头。脚上一双黑绒面的棉毛窝，上面凿了许多孔，系着黑带子，又暖和又舒服的样子。衣服、裙子、毛窝，显然全是自己缝制的。

其实那天，程季淑也在打量着梁实秋，他一件蓝呢袍，挽着袖口，胸前挂着清华的校徽，穿着一双棕色皮鞋。这就是程季淑眼里的梁实秋。

美好的爱情，在不知不觉中开始了。

那一份情愫，在两人心间渐渐发酵。

他们一起逛街游玩、看电影，一起谈论一些自己喜欢的文学作品。随着关系的深入，程季淑把她与梁实秋在谈恋爱的事情告诉了母亲，在获得了母亲的同意后，程季淑欣喜异常，对这段感情怀着美好的憧憬。

有次两人同黄淑贞在外面玩的时候恰巧碰到了梁父，这时梁父早已知道了两人的关系，他好好打量了程季淑一番。待梁实秋回到家后，他还夸了程季淑一通，并给了梁实秋一笔恋爱经费，他知道年轻人在外面免不了要花钱。

不久，梁实秋结束了在清华的求学生涯，准备启程前往美国留学，两人的婚姻大事被摆到了台面上来。这时程季淑的叔伯已经替她找好了一户人家，对方家境甚好。这让程季淑犯了难，她对梁实秋是真心付出的，决不愿接受家里的安排。

程季淑只好赶紧让闺密黄淑贞把这个情况告知梁家，希望能商量出一个对策，由梁家人来向程家提亲。最后在各方的干预下，程家的叔伯们退了一步，说既然这样，那这婚事哪边都不定，三年后再说。

一九二三年，梁实秋远赴重洋去往美国留学。在那三年里，两人只能把思念寄托在书信中。一九二六年，梁实秋回国，任教于东南大学，两人久别重逢自然欣喜，商定好先稳定工作，再把婚姻大事给定了。

一九二七年二月十一日，梁实秋与程季淑在北京举行婚礼，那天宾朋满座，都来一睹这对新人的风采。婚礼按照传统的流程进行，在这个过程中发生了一件有趣的事情，那就是新郎梁实秋因手指比戒指细了不少，导致戒指过松不小心给掉了。按理说，这是一件很尴尬的事，程季淑却安慰他说："没关系，我们不需要这个。"

一句没关系，让梁实秋心安不少，面对婚姻，这是何等的大气和自信。往后的岁月也证明了，他们都选对了人。

梁实秋与程季淑，是在父母的宽容和理解下自由恋爱的，在那个时代这非常难得。

婚后，局势日渐危急，梁实秋夫妇也开始了从北到南颠沛流离的生活。无论梁实秋去往哪里，程季淑都毫无怨言地照顾着他，陪伴着他。他们开始去往南京，不久又去了上海。生活虽然清苦，但也温馨幸福。梁实秋在报刊当编辑，开始在文学界崭露头角，程季淑则做贤妻良母，把家里打理得井井有条。

随着他们的大女儿梁文茜和儿子梁文祺相继出生，家里的负担一下子重了起来，好在这时梁实秋的妹妹梁亚紫也来了上海，两家人比邻而居。后来梁家父母时常来小住，一家人相互扶持，过着安稳平静的生活。

一九三〇年，梁实秋应杨振声的邀请，到青岛大学任外文系主任，于是他们又举家搬到了青岛。在青岛，一家人度过了欢乐的时光，时而在沙滩嬉戏，时而在绿荫下漫步。也正是在这段时间，梁实秋开始潜心翻译自己的成名作——《莎士比亚全集》。

在青岛居住了四年之后，梁实秋应胡适的邀请，回到北大任教。回到了熟悉的地方、熟悉的环境，一大家人又开始了热闹的生活。梁家上下的事情，大到房间布局、打扫，小到买菜、洗衣、做饭，都由程季淑来打理，还有老人们的生活起居需要注意的事项、饮食习惯，程季淑都一清二楚。她的干练、持家有道让两位老人直呼真是贤妻良母。

一九三七年，抗日战争爆发，梁实秋先离开北平，去往四川，程季淑因为要照顾老人和小孩继续留在了北平，直到后来梁实秋安顿好她才带着孩子去往四川。一家人在战乱中团聚，此后便立下誓言，此生，不再分别。

一九四五年抗战胜利后，一家人又回到了北平，谁知内战又爆发了，他们只好再一路南下，最后一家人在台湾安顿了下来。遗憾的是，因为种种原因，他们的女儿梁文茜和儿子梁文祺留在了大陆，只有小女儿梁文蔷陪在他们身边。此后，程季淑再也没见到过这一双儿女，这不得不说是一个遗憾。

无论是在哪里，梁实秋与程季淑都是那样的相爱。那时梁实秋在台湾师范大学任教，程季淑依旧担任着家庭主妇的角色，把梁实秋照顾得无微不至。

一九六六年，梁实秋从台湾师范大学退休，开始安享晚年。夫妻二人过着自由自在的生活，爬山蹚水，享受着这平静安逸的幸福。更重要的是，退休后的梁实秋终于有时间完整系统地翻译《莎士比亚全集》了，程季淑则全力支持，给他准备好所有的材料，时常提醒他注意休息，整理书桌、手稿装订等琐碎的活儿都由程季淑一手操办。

一九六七年八月，梁实秋的翻译著作《莎士比亚全集》终于出版，在台湾地区引起了轰动。梁实秋把这部作品的完成归功于妻子程季淑，当时的《世界画刊》还把梁实秋书房中程季淑的照片拿走，发表在了画报上，并注明：

> 这是梁夫人程季淑女士在四十二年前年轻时的玉照，大家认为梁先生的成就，一半应该归功于他的夫人。

娶妻如此，夫复何求。
平生伴侣，亦友亦妻。

一九七二年，梁实秋夫妇去往美国定居，因为那时他们的小女儿梁文蔷已在美国成家立业。然而，这平稳的生活在一次意外中被打破。

一九七四年四月三十日，梁实秋夫妇到家附近的商场买东西，走到商场大门的时候，不知什么原因，一架梯子倒了下来，正好倒在了程季淑的身上。如果是一个年轻力壮的小伙子，被梯子砸一下倒没什么，可此时的程季淑已经是位七十三岁的老者了，她当场陷入昏迷，随即被送往医院抢救，到医院的时候又碰到手术室没有了空房，只能一直在外面等，耽误了最佳的救治时机。

程季淑感觉自己此关难过，只好忍痛喃喃对梁实秋说道："治华（梁实秋的本名），你不要着急！你要好好照料自己！"

说完这句，程季淑便被推进了手术室，进去之前还不忘留下一个微笑。但因为耽误的时间过长，手术最终还是未能挽救程季淑的生命。当医生出来把结果告知给梁实秋的小女儿梁文蔷的时候，她惶恐不已。望着离自己不远的父亲坐在椅子上，神情疲惫，梁文蔷不知如何开口告诉他这个消息。此时，她发觉父亲是那样的孤独、落寞。

她慢慢走过去，梁实秋微微抬头，见女儿没有说话，他已然知道了结果，淡淡地问了一句："完了？"

梁文蔷点了点头，只见梁实秋掩面流泪，身体也不住地发抖，一旁的梁文蔷不知如何安慰此时的父亲，只好默默守着他。他后来说道：

> 我像一棵树，突然一声霹雳，电火殛毁了半劈的树干，还剩下半株，有枝有叶，还活着，但是生意尽矣。两个人手拉着手的走下山，一个突然倒下去，另一个只好踉踉跄跄地独自继续他的旅程！

失去了程季淑的梁实秋，如同失去了灵魂的比翼鸟，抱着此生就此灰暗下去的念想，孤独地生活着。他把自己对程季淑的思念全部写进了《槐园梦忆》里，这也算是对程季淑的另一种纪念。

朱自清·陈竹隐

他们的爱情，
如荷塘清风般淡雅

引语

朱自清说："十六那晚是很可纪念的，我们决定了一件大事，谢谢你。想送你一个戒指，下星期六可以一同去看。"

　　民国时期的爱情，大多轰轰烈烈。但朱自清与陈竹隐的爱情却是温情脉脉的，没有惊天动地，只有细水长流。慢慢品来，别有一番韵味。

　　朱自清，浙江绍兴人，以情感细腻的散文被世人铭记。他有一个远房姑母叫朱安，是鲁迅先生的原配夫人。因为在他之前两个哥哥都夭折，所以家里给他取了个乳名叫大囡，囡是吴语中对女孩子的亲热称呼，家里觉得这样才会让孩子平安长大。父亲给他取的大名自华，取自苏东坡的诗句"腹有诗书气自华"，可见父亲对他的期望很高。但在成长的岁月里，朱自清对父亲却好感不多，原因是父亲喜欢女人，姨太太比较多，家道中落也是因此而起。

　　《背影》所写的，是父子二人在南京的火车站分别的情景，看着父亲老去的容颜和日渐佝偻的身体，作为长子的他不免触景生情。后来，他把这篇文章寄回老家，父亲读完不禁老泪纵横，感动不已。

朱自清的第一段婚姻是由父母包办的，十九岁就与武钟谦结婚了。两人同岁，性格互补。武钟谦是那种旧社会的传统女性，内向沉稳。朱自清的性格内向有些毛躁，说话很急还容易脸红，但武钟谦却总能安抚他的急躁。

在彼此陪伴的十二年里，他们一共生育了六个子女，三男三女。朱自清有时会对孩子感到倦怠，当孩子们吵闹的时候他会举起手就打，而武钟谦内向沉稳，对孩子们很有耐心。她为了养育六个孩子辛劳不已，这让朱自清很是心疼。

不知是不是上天的嫉妒，武钟谦因为肺病而不幸去世，年仅三十一岁。当时朱自清在清华执教，听闻噩耗倒地不起，被送往医院，醒来之后只能叹息：

> 俯仰幽明隔，白头空相期。
> 到此羁旅寂，谁招千里魂。

爱妻离世，悲痛之余的他无心再娶，但活蹦乱跳的孩子在眼前晃着，又当爹又当妈的日子里朱自清苦闷极了。洗衣做饭他根本做不来，最后连吃饭都是大难题，一日三餐都由俞平伯的夫人做好后叫人送来。身边的朋友如顾颉刚也觉得他很有必要续弦再娶，要不然这日子还怎么往下过？在朋友的好言相劝之下，他也相过几次亲。朱自清是文学大家，相亲的对象自然也不会差到哪里去，但每次对方一知道他有好几个孩子，便摇起头来，数次下来，朱自清也有些灰心。

一九三〇年四月的一天，好友溥侗、叶公超约朱自清在城南陶然亭酒楼一聚，朱自清欣然赴会，在这里他见到了一位女生，名叫陈竹隐。对于她的到来，朱自清事先并不知情。日后陈竹隐曾这样说他们初见时的情景：

> 那天佩弦穿一件米黄色绸大褂，他身材不高，白白的脸上戴着一副眼镜，显得挺文雅正气，但脚上却穿着一双老式的"双梁鞋"，显得有些土气。

陪她一起去的闺密兼同学廖书筠一回宿舍便嘲笑朱自清是土包子，说决不能嫁给他，陈竹隐倒不以为然，她很钦佩朱自清的才学，也没嫌他穿着老土。此后两人开始接触，一起吃饭、看电影，朱自清之子朱思俞后来回忆说：

他们一个在清华，一个住城里，来往也不是特别方便。那个时候清华有校车，每天从清华发到城里头再回来，要来往的话就靠校车这么交往，没有来往的时候，就靠信件，所以那个时候写信写得比较多。

他们恋爱时写的情书留下来的有七十五封，还是后来陈竹隐离世之后家人搬家的时候无意间发现的，纸已泛黄，情意留存。那些情书现在读起来还是电力十足，女生读完恐怕都会面红耳赤、小鹿乱撞。他们一起逛中南海、瀛台，漫步在波光粼粼的河边，还一起钓鱼、喝鱼汤。而朱自清时常把自己写好的文章念给陈竹隐听，向她征求意见。两人这样下去，结婚是水到渠成的事了。

陈竹隐毕业于北平艺术学校，是齐白石的弟子，在国画和昆曲方面都有造诣。她长相清秀，比起武钟谦，更加活泼好动，是属于新时代的女性。

在和陈竹隐交往的过程中，朱自清才感觉到爱情的美好、甜蜜。

一九三一年六月十二日，朱自清在情书中写道："隐，一见你的眼睛，我便清醒起来，我更喜欢看你那晕红的双腮，黄昏时的霞彩似的，谢谢你给我力量。"

一九三一年八月八日，朱自清已对陈竹隐换了更加亲昵的称呼："亲爱的宝妹，我生平没有尝到这种滋味，很害怕真会整个儿变成你的俘虏呢！"

陈竹隐虽然心动，却没有立刻就答应。她陷入了纠结痛苦之中。她仰慕朱自清，能跟自己喜欢的人在一起自然很欢喜，可想想自己一来就要当几个孩子的后妈，压力就来了。亲妈不好当，后妈更是难上难，这对一个毫无准备和经验的女人来说是个巨大的考验。想着这些，陈竹隐便刻意与朱自清拉开了距离。不是不爱，是确实没准备好，心里怕得很。朱自清也很敏感地捕捉到了这个信号。在信里，他一方面倾诉相思之苦，另一方面偶尔有意提起自己最近胃不舒服，想打温情牌激起她的爱怜之心，她听闻便真的担心起来。最后他更伤感地说：

竹隐，这个名字几乎费了我这个假期中所有独处的时间。我不能念出，整个人看报也迷迷糊糊的。我相信我是个能镇定的人，但是天知道我现在是怎样的扰乱啊。

陈竹隐最后的心理防线被攻破，只好点头答应。

既然爱，那就该接受他的一切。

既然接受，那就好好爱。

一九三一年，朱自清在信里说："十六那晚是很可纪念的，我们决定了一件大事，谢谢你。想送你一个戒指，下星期六可以一同去看。"后来他们一起去看了戒指，算是定了终身。

一九三二年，从欧洲游学归来的朱自清与陈竹隐在上海杏花村酒楼举行婚礼，此时他们正好相识两周年。

婚后的他们住在清华园，日子虽然清苦却也温馨，陈竹隐为了照顾几个孩子只好不舍地把自己要当画家的梦想埋藏在心底，尽心尽力地过起了相夫教子的生活。朱自清除了写作，其他家务都做不来，陈竹隐不仅要照顾丈夫，还要照顾几个活蹦乱跳的孩子，为了能让孩子们接受良好的教育，她还聘请了一位家庭教师给孩子们补习功课，为了拿出这笔钱，陈竹隐甚至还背着朱自清去医院卖过几次血。

陈竹隐说："我与他的感情也已经很深了。像他这样一个专心做学问又很有才华的人，应该有个人帮助他，与他在一起是会和睦幸福的。而六个孩子又怎么办呢？想到六个失去母爱的孩子是多么不幸而又可怜，谁来照顾他们呢？我怎能嫌弃这些无辜的孩子们呢？于是我觉得做些牺牲是值得的。"

不得不说陈竹隐为了家庭做出了巨大的牺牲。

朱自清虽然在文学上满腹才情，但对婚姻的看法却是旧式的，在他看来，女人娶进家门就该相夫教子。陈竹隐一开始并不适应这点，在结婚之前她可以和朋友到处逛街、看电影、听昆曲，如今只能围着家庭团团转，而朱自清还不是很理解。有时候陈竹隐带朋友到家里来，聊天声让朱自清很反感，生活中朱自清偶尔还说她做得不够好，心里想念武钟谦在世的时候。陈竹隐心里难免低落。

她开始反思自己为这婚姻的付出值不值得，还经常想念家乡成都。有时，想着想着便哭了起来，朱自清看见便问她怎么了，她却也说不出什么来。好在朱自清也是性情中人，想想也觉得亏欠了她许多，让她受了委屈，于是便尽力弥补。但怎么做才是最好的呢？其实很简单，花点时间陪她就是了。

陈竹隐为了这个家放弃了画笔和昆曲，她很久没配过颜料，很久没静心听过几段昆曲，再兴致勃勃地唱上几段了。于是，往后的日子里，朱自清时常陪着她，饭后安顿好孩子，两人便一起去散步，去听戏，偶尔唱上几句，仿佛又回到了初相识的那段岁月，找回了当时的那种感觉。

原来，生活可以美好，只是过去忘了去寻找。

陈竹隐渐渐开心了起来。朱自清慢慢让她融入自己的文学创作中来，有时候两人会为了选用哪个词比较贴切而争论，陈竹隐有思想、有见解，在创作上也是好搭档，这让朱自清很开心。

生活中就是要两个人彼此需要，彼此接受，才能把日子过好。很显然，此时的朱自清也慢慢明白了这点。

两人生活依旧清贫，再加上朱自清的胃一直不好，时常犯病，这可苦了陈竹隐。后来抗日战争爆发，朱自清随西南联大南迁，条件很艰苦。此时陈竹隐带着孩子们去了成都，每到放假他都会去成都看望她和孩子们，即使相隔千里。

一九四六年，他们从成都回到北平，朱自清继续在清华大学任教。此时政局不稳，朱自清忧心忡忡，再加上他一直多病，最后在一九四八年八月十二日因胃溃疡穿孔，手术后引起并发症逝世，年仅五十岁。

世人称赞他宁愿饿死也不领美国的救济粮，但据冯学荣的考证，其实朱自清是死于胃病的，和救济粮没多大关系。《朱自清日记》里面也写过"饮牛乳，但甚痛苦""晚食过多""食欲佳，但因病得克制"。所以说朱自清不光没有饿死，还吃得不错。

但他拒绝美国救济粮是真的。朱自清病重时吴晗曾来到朱家，带来了一份《抗议美国扶日政策并拒绝领取美援面粉宣言》，他看完之后签了字，并在这天的日记中写道："此事每月须损失六百万法币，影响家中甚大，但余仍决定签名，因余等既反美扶日，自应直接由己身做起。"

朱自清去世后，陈竹隐悲痛地写下挽联：

　　十七年患难夫妻，何期中道崩颓，撒手人寰成永诀
　　八九岁可怜儿女，岂意髫龄失怙，伤心今日恨长流

此后，陈竹隐便一边在清华图书馆工作，一边照顾孩子们，供他们念书。开始甚是辛苦，直到孩子们各自上了大学，大的找了工作之后，她才静下心来把朱自清的手稿整理了一遍，也算是

完成他的遗愿。她把朱自清生前的手稿、文章、实物等，全部捐献出来，只给每个孩子分了一封朱自清的信作为纪念。

一九九〇年六月二十九日，陈竹隐离世。

君对我情断义绝，
我偏长出倔强花朵

引语

张幼仪说："我一直把我这一生看成两个阶段：'德国前'和'德国后'。去德国以前，我凡事都怕；去德国以后，我一无所惧。"

作为徐志摩的结发妻子，张幼仪在徐志摩的世界里是个悲情的角色。她的善持家、她的贤惠，徐志摩都没看在眼里，无论是徐志摩去追求林徽因，还是后来与陆小曼结婚，张幼仪都更像是一个旁观者，只留得一个孤独落寞的背影。

张幼仪一九〇〇年出生于江苏省宝山县，家境优越。家中有兄弟姐妹十二人，其中二哥张君劢是著名学者，四哥张嘉璈是现代银行之父，其余的几位兄长也赫赫有名。

一九一二年，张幼仪进入江苏省立第二女子师范学校念书，在这里她接受了良好的教育。三年后，四哥张嘉璈帮十五岁的她找好了人家。对方是谁呢？这位四哥看上的妹夫就是徐志摩。

一九一四年，当时徐志摩在浙江杭州一中念书，而张嘉璈时任浙江都督秘书，时常来学校视察工作，有次意外地发现一篇名为《论小说与社会之关系》的作文条理清晰、见解独特，文笔颇为辛辣，于是就默默记住了作者的名字徐志摩。张嘉璈当晚就给徐志摩的父亲徐申如写信，提议将自己的妹妹张幼仪许配给徐志摩。徐父收到信自然喜出望外，徐家有钱，张家有势，在徐申如看来，两家能联姻是件大好事，于是他就回信同意了。

包办婚姻对于当时十七岁的徐志摩来说，完全是无法接受的，让一个思想进步的新青年娶一个素未谋面的女子为妻，这他万万是不能答应的，他要反抗这种封建落后的婚姻。

反观张幼仪则很淡定，她在传统的家庭长大，自幼便知婚姻大事皆为父母之命，她在自己的回忆录《小脚与西服》中回忆道：

> 爸爸妈妈把我叫到客厅，交给我一只小小的银质相片盒，他们说看看他的相片，我打开盒子，瞧见一张年轻人的照片，爸爸想知道我对照片里那个人的看法。我转向爸爸，小心翼翼地回答，我没意见。

张幼仪就这样一句话决定了自己的婚姻大事和终生幸福的寄托。喜与悲，爱与愁，一切，才刚刚开始。

张幼仪看到的徐志摩，虽然青涩，但带有浓浓的书生气。徐志摩也看到了张幼仪一张羞涩惶恐的照片，看完之后直呼：真是个乡下的土包子！从此"乡下的土包子"就成了张幼仪的代名词，无论张幼仪做什么、穿什么，做得是好是坏、穿得是俗是美，在徐志摩眼里都是"土包子"。张幼仪其实长得不差，她自己也说：

> 我身材不错，还长着一双大眼睛，也是被人夸大的。

在父母的坚持下，徐志摩选择了屈服，无奈地接受了这桩婚事，但这注定是不幸的，徐志摩从心底一万个拒绝。

一九一五年十二月五日，浙江海宁硖石镇的商会礼堂内宾朋满座，徐志摩与张幼仪正式结婚。族人们欢天喜地庆祝之后，本该享受洞房花烛夜的徐志摩居然跑出来了，根本不碰张幼仪，最后是在奶奶的房间里睡了一夜，只留下新娘独守空房，孤独落寞。

徐志摩用沉默反抗着这场婚姻，这让张幼仪很苦恼，这种不理睬比责骂更让人崩溃，沉默是对一个女人最大的伤害。但是她又不能说不，因为母亲教过她，进了夫家门，只能说是！她是认定了徐志摩的，于是她依然努力做好一个妻子的本分，洗衣做饭、勤俭持家，让徐志摩完全找不到发脾气指责的借口。

徐志摩开始用新思想来开导她，希望让她接受独立自主、婚姻自由的思想，并一起来反抗这场包办婚姻。张幼仪对什么自由独立听得发蒙，只晓得点头，然后呆呆地望着徐志摩，任他唾沫横飞、慷慨激昂。徐志摩见此方法行不通，索性直接摊牌：

我要做中国第一个离婚的男人！

离婚哪有那么容易？当时的《民律》上写得清清楚楚：两人离婚，要么双方自愿，要么其中一方重婚、失踪超三年以上或者有不轨行为；男方未满三十岁，女方未满二十五岁，须由双方父母同意才能离婚。徐志摩与张幼仪一条都不满足，那这婚就没法离。

徐志摩又向家里提出要外出求学，希望接受更高的教育，父母没法拒绝。一九一六年徐志摩入北洋大学学习法学，一九一七年，北洋大学法科并入北京大学，徐志摩也随之转入北大就读。在北方上大学的两年里，徐志摩呼吸着自由的空气，接受着新潮的思想，有了更远大的志向。

徐申如知道自己的儿子心怀世界，但也希望他能让自己早早抱上孙子。一九一八年，张幼仪生下了大儿子徐积锴。四个月后，徐志摩登上了去往美国的轮船，开始了自己在西方求学的生活。他先是进入克拉克大学历史系，学社会学和经济学，十个月后拿到学位，后来又到哥伦比亚大学读政治系，一九二〇年十月，他又来到了英国剑桥大学，也就是在这里，他遇见了林徽因。

徐志摩离开后，张幼仪一直也在反思，为什么徐志摩自始至终都不正眼看自己？她想，可能是自己学识不够，毕竟徐志摩是大才子，他要的不是听话顺从的女人，而是能跟他谈笑风生、畅谈古今的妻子。所以，她开始在家苦读诗书，苦学历史、地理等，希望能够用学识拉近自己与徐志摩之间的距离，至少能听懂他的话，知道他的喜好，这样两人才能顺利交流。

在国外留学的这段时间里，徐志摩也时常给家里写信，一是告诉父母自己的近况，二是表述自己看到的西方是怎样的。但是无一例外，信中从不提起张幼仪，只是偶尔会问起儿子。但很奇怪的是，徐志摩有次在信中突然破天荒地提起了张幼仪，还写了不少，最后居然还希望她能到自己身边来陪读。

知道消息的张幼仪忍不住哭泣，她原本认为这辈子只能与儿子相依为命、孤独终老了，没想到还能再被徐志摩想起。徐家父母听到了也很高兴，认为这才是个好丈夫该做的，也希望异国他乡的相伴能让两人增进感情。徐家很快就着手安排张幼仪出国事宜，后来约好两人在法国的马赛碰面，徐志摩会去接她。

疑问、惶恐、惊喜、幸福伴随着轮船的轰鸣飘荡在张幼仪的脑海中，为什么志摩从不闻不问到突然希望自己能去陪读？难道是因为没人照料而感到孤独吗？还是因为他需要一个生活方面的保姆？或是外面的洋妞见多了最后还是觉得中国的妻子最靠谱？为了这次相聚，张幼仪特意准备了很多新衣服，希望徐志摩不再嫌弃她是"土包子"。在这种不安和喜悦的心情中，她在海上漂荡了三周，终于等到了轮船靠岸。她后来回忆说：

> 我斜倚着尾甲板，不耐烦地等着上岸，然后看到徐志摩站在东张西望的人群里。就在这时候，我的心凉了一大截。他穿着一件瘦长的黑色毛大衣，脖子上围了条白丝巾，虽然我从没看过他穿西装的样子，可是我晓得那是他。他的态度我一眼就看得出来，不会搞错的，因为他是那堆接船的人当中唯一露出不想到那儿表情的人。

徐志摩看到张幼仪，没有欢喜，只是淡淡地说了一句："来啦。"对于她的精心打扮，徐志摩还是看不上，一下船就带她到百货商店买洋装、丝袜和皮鞋，把那些传统的衣服统统收了。被徐志摩用洋装打扮后的张幼仪说道：

> 当看到镜子中的模样，我都不认得自己了。

也是在这次，两人拍下了唯一一张合影。

合影中拘谨的张幼仪和旁边自然的徐志摩形成了很大的反差，后来徐志摩将这张照片寄回老家，父母开心得不得了，以为他们真的是感情升温，这才把悬着的心放下了。

然而，徐志摩与张幼仪的感情并没有像父母期待的那样变好。有次，两人要乘飞机从法国前往英国，张幼仪从没坐过这新奇的玩意儿，在飞机上又是紧张又是吐的，被徐志摩数落一通，说她是"乡下的土包子"，不知是老天看不惯徐志摩这种臭脾气，还是他吃多了，徐志摩突然也吐了起来，张幼仪才反击道："我看你也是个乡下土包子。"可见张幼仪骨子里还是有种傲气和不服输的劲头在的。

一九二一年，他们住在沙士顿，江山虽改，但徐志摩的本性依旧没变，对张幼仪，他总是冷漠相待，甚至都不把她介绍给其他朋友，生怕丢面子。然而这时候的张幼仪早已与当年不可同日而语了，无论是学识还是素养，但徐志摩还是不把她看在眼里。

我没办法把任何想法告诉徐志摩，我找不到任何语言或词藻说出，我知道自己虽是旧式女子，但是若有可能，愿意改变。我毕竟人在西方，我可以读书求学，想办法变成饱学之士，可是我没有法子让徐志摩了解我是谁，他根本不和我说话。

我和我的兄弟可以无话不谈，他们也和徐志摩一样博学多闻，可是我和自己的丈夫在一起的时候，情况总是"你懂什么？""你能说什么？"

张幼仪如此的奋进和努力，只是为了让丈夫看她一眼，和她说上几句话，然而这位自恃甚高的丈夫对此完全无感。张幼仪也只能本分地做着家务、伺候着他，之前在轮船上想象的那些被无情地击破，她实在想不明白徐志摩到底想干什么。

徐志摩每次出门都精心打扮，时常会告诉张幼仪说自己去哪儿、去干吗、去见谁，但张幼仪只能听不能问。白天里邮差时常来送信，张幼仪虽然看不懂英文，但女人的直觉告诉她，徐志摩在外面也许有了其他女人，张幼仪的心里开始惴惴不安。

有一会儿，我想到徐志摩的女朋友，说不定是个洋女人，那不可能。没有外国女人会以二太太的身份进入一个家庭的，我从早到晚，不得不一再给自己吃定心丸，我在徐家的地位是不会改变的，我替他生了个儿子，又服侍过他父母，我永远都是原配夫人。

张幼仪这种不安的情绪持续了没多久，她就发现自己又怀孕了。她向徐志摩说这件事，没想到他直接冷冰冰地说：

"把孩子打掉。"

"可是我听说有人因为打胎死掉的！"

"还有人因为坐火车死掉的呢，难道你看到人家不坐火车了吗？"

张幼仪更加悲痛，一个星期后，徐志摩不告而别，什么都没带走。她以为他是到朋友那里小住了。后来徐志摩托朋友黄子美来问张幼仪：

你愿不愿意做徐家的媳妇而不做徐志摩的太太？

张幼仪听完问道："这什么意思，我不懂。"黄子美随后说道："如果你愿意这么做，那一切都好办了，徐志摩不要你了。"

张幼仪此时怀着身孕，又在这举目无亲的沙士顿，面对徐志摩提出的离婚，她也没了主意，只好向二哥张君劢求助。

一九二二年，张幼仪在柏林生下来次子彼得，这是做母亲的抗争。徐志摩去医院看望了小儿子，也没有说怎么养这个小孩，也没有问张幼仪一个人要怎么活下去。

一九二三年三月初，在柏林，由吴德生、金岳霖等四人做证，徐志摩与张幼仪签署离婚协议，这是中国历史上依据《民法》办理的第一桩西式文明离婚案。

张幼仪从此与那个男人在婚姻上已毫无干系。这场父母之命的悲剧婚姻就此画上句号，徐志摩的冷漠也好，张幼仪的不舍也罢，终将是有了一个结果。张幼仪后来说：

> 我一直把我这一生看成两个阶段："德国前"和"德国后"。去德国以前，我凡事都怕；去德国以后，我一无所惧。
>
> 我的离婚要感谢志摩，不是他我也不能成长，也不能找到自我。

此后，她是张幼仪，不是徐太太。

面临着如何生活下去的问题，张幼仪无暇流泪。她去了德国学习幼儿教育，后来获得了裴斯塔洛齐学院的硕士学位，她在努力让自己独立地生活。

一九二五年，爱子彼得死于腹膜炎，时年年仅三岁。张幼仪悲痛万分。这时候她有两个选择，一是回娘家好好生活，二是回徐家，徐家父母还是很喜欢她的，而是毕竟还有一个长子在那里。但是最终，她选择了独立，她说道：

> 经过沙士顿那段可怕的日子，我领悟到自己可以自力更生，而不能回去徐家，像个姑娘一样住在硖石。
>
> 我下定决心：不管发生什么事情，我都不要依靠任何人，而要靠自己的两只脚站起来。

一九二六年夏，张幼仪回国，还成了东吴大学讲教育学和德国文学的教授，她已经完全不是当年徐志摩口中的那个乡下土包子了，而是新时代女性。

这时候她的四哥张嘉璈已经是中国银行副总裁，并主持上海各国银行事务，他支持张幼仪进入银行系统工作。在上海的她开始独立自主地生活，徐家父母深感亏欠了张幼仪，就把上海一栋房子送给了她，让她好歹有些家产，不至于生活得孤苦。

张幼仪开始了在商场上的打拼，无论是进入银行还是做服装生意，都做得风生水起，这位独立自主的女性终于赢得了更多人的肯定和尊重，靠自己站立了起来，没有成为一个只会顾影自怜的可怜女人。张幼仪还大胆涉足股票、证券交易，且都收获颇丰。

在张幼仪重新活出自我、驰骋商界的时间内发生了两件事：一是徐志摩再婚娶了陆小曼；二是徐志摩因飞机失事突然离世。

对于徐志摩与陆小曼的结婚，徐申如来问过张幼仪的意见，她选择了点头同意。

一九三一年十一月十九日，徐志摩因飞机失事遇难，张幼仪得知消息后虽万分难过，却也比较镇定。她先通知了弟弟张禹九，让其带着儿子徐积锴去党家庄善后，然后小心翼翼地通知了徐志摩的父亲，将一切都安排得妥妥当当。

一九四九年，张幼仪离开上海去了香港，她没想到，她还能在晚年遇到一段情。正是在香港的这段时间里，她与一位做医生的邻居苏纪之相识，这位苏先生也曾离异并有子女。两人既然是邻居，自然走近些，一来二去便日久生情，后来这位苏医生向张幼仪求婚了。

张幼仪万万不敢答应，一是自己孤苦多年已然习惯，二是自己此时已五十三岁了，还能拥有爱情吗？随后，她写信给兄长和长子征求意见，她说自己是寡妇，要听儿子的话。后来二哥张君劢回信："妹慧人，希自决。"这话其实是不希望她再婚的。但是，远在美国的儿子支持了张幼仪，信中写道：

> 母孀居守节，逾三十年，生我抚我，鞠我育我，劬劳之恩，昊天罔极。今幸粗有树立，且能自瞻。诸孙长成，我全出母训，去日苦多，来日苦少，综母生平，殊小欢愉，母职已尽，母心宜慰，谁慰母氏？谁伴母氏？母如得人，儿请父事。

儿子的回信让张幼仪十分感动，他的明理和支持让她自己为后半生做出了一个抉择，那就是嫁！

一九五三年，张幼仪接受了苏医生的求婚，并在东京举行了一场盛大的婚礼。这一次的爱情是她自己选择的，婚后的他们很幸福，两人相依相伴地走过了近二十年的温馨时光，直到一九七二年苏纪之病逝。

后来张幼仪前往美国生活，晚年的她很快乐。往事已如烟飘逝，很多事终于可以坦然地说了，后来她对侄孙女，也是她的传记《小脚与西服》的作者张邦梅这样复述她对徐志摩的感情：

　　你总是问我，爱不爱徐志摩。你晓得，我没办法回答这个问题。我对这个问题很迷惑，因为每个人总是告诉我，我为徐志摩做了这么多的事，我一定是爱他的。

　　可是，我没办法说什么叫爱，我这辈子从来没跟人说过"我爱你"。

　　如果照顾徐志摩和他家人叫做爱的话，那我大概爱他吧，在他一生当中遇到的几个女人里面，说不定我最爱他。

　　这个顽强的女性让人不禁动容，也许你会说是封建的包办婚姻害了她，可对于往事，她自己却没有抱怨，她说：

　　旧式婚姻未必就一定多么的坏，其中未必就没有爱情，只不过这种爱情总得婚后才能产生，不像新式婚姻，是先产生爱情后才结婚。但是话说回来，谁又能保证结过婚后当初的爱情就不会消退呢？因此婚姻说到底还是责任更多一些。

　　一九八八年，张幼仪因病在纽约去世，享年八十八岁。

　　她的一生没有认命，也没有怨天尤人、哭哭啼啼，而是选择用独立自强来证明自己也能走出一条路，不必看谁脸色，无须委曲求全，自己也能精彩。纵观张幼仪的一生，前半生基本在徐志摩的冷漠中生活，直到在德国离婚之后，她才真正获得了独立。她驰骋商场，建立起自己的事业，离婚后仍对徐家加以照顾，她不仅宽容了别人，更宽容了自己。

　　爱情和婚姻，看似一样，实则是两回事。男男女女们都以为，只要有了爱情就能走向婚姻，有了爱情就有了一切，其实不是。爱情中可以任性胡来，可以游戏人间，婚姻却有规有矩。宽容和担当，是婚姻的必修课。

　　对于大部分的女人来说，进入婚姻就意味着选择了未知的余生，前方路途遥远并不能一眼望穿。未来有趣的地方就是总有我们看不到的，就像手里的巧克力糖，你永远不知道下一颗是什么味道。

　　一个懂得生活的女人，不会把幸福放在别人的手中，因为没有人能许给她美好的未来。她会像张幼仪一样，许给自己一个美好的未来，甚至给别人一个美好的未来，这才是一个女人的强大。

吴文藻 · 冰心

生同眠，死同穴，
生生世世都要在一起

引语

冰心："爱在右，同情在左，走在生
命路的两旁，随时撒种，随时开花，将这
一径长途，点缀得香花弥漫，使穿枝拂叶
的行人，踏着荆棘，不觉得痛苦，有泪可落，
也不是悲凉。"

冰心，原名谢婉莹，一九〇〇年十月五日出生于福州，十九岁发表小说时为了避免同学认出她来才取了笔名冰心，取自"一片冰心在玉壶"。冰心和林徽因、卢隐被合称为"福州三大才女"。

林徽因有一个堂叔父叫林觉民，后来在黄花岗起义中牺牲，死后被追为黄花岗七十二烈士之一。当时林家担心受到株连，就卖掉了位于福州杨头口的住宅大院，有趣的是，买房子的恰好就是冰心的祖父谢銮恩先生。一九一九年冰心跟随父亲回到福州，住的就是这座大院，这样看来两家颇有渊源。更有趣的是，林徽因日后的丈夫梁思成与冰心的先生吴文藻还是同学，两人在清华大学念书的时候住的是同一个宿舍，算得上是真正的"同窗"。

联想到后来两位才女之间的嫌隙，让人唏嘘不已。

冰心的祖父谢銮恩是位受乡邻尊敬的长者，冰心的父亲谢葆璋是名海军高级军官。小时候的冰心跟随到烟台履职的父亲迁往山东烟台，在童年的岁月里，她学习中国古典文学，也学习了不少的外国文学作品，这为她后来在作品中创造出清澈空灵的意境打下了基础。后来她的父亲任职海军部军学司长，把她带到了北平。一九二一年，二十一岁的她就开始与茅盾、郑振铎等人在文学上有所往来，也是这时候出版了诗集《繁星》。

一九二三年，冰心进入燕京大学，同年八月，冰心踏上前往美国西雅图的邮轮，因为她以优异的成绩获取了威尔斯利女子大学的奖学金。邮轮上大多数乘客都是和她一样的赴美留学的学生，主要来自清华大学和燕京大学。望着邮轮驶出黄浦江，又看着游轮上同学们眼神中的憧憬和淡淡的离乡之愁，冰心自然也善感了起来。在轮船上的她时常独自一人望着大海。

她无论如何也想不到，一个误会竟让她机缘巧合地遇见了生命中最重要的那个人。

如同我们的生活一样，许多美好的瞬间往往是命运不经意的安排，却足够让人欢喜。

上船之前，冰心在贝满女中的同学吴搂梅写信给冰心，说希望能帮忙在船上找到她同去美国的弟弟吴卓。上船之后冰心就托自己的同学许地山去找吴卓，结果许地山一马虎，找错了人，把吴文藻给带来了。望着眼前这位斯文秀气的青年，冰心问道："昨晚在轮船上休息得好吗？你姐姐来信说，你也乘这一班船出去。"

满脸诧异的吴文藻望着冰心，心想自己的姐姐远在江阴，这是怎么一回事？于是说："家姐文化低，不知她什么时候给你写了信？"

冰心也感到奇怪，回答道："我前几天刚接到她从美国寄来的信。"

说完冰心就后悔了，感觉自己应该是弄错了。冰心颇为尴尬，又不好直接请他离开，便邀请他一起玩游戏。此后两人就有了交谈，从志向聊到生活，从生活聊到文学，吴文藻聊到的许多东西冰心都摇头，吴文藻告诉她要趁着这次机会好好学习知识，要不然这学就白留了。这让冰心很是诧异，哪有第一次见面就这样摆出老师的架子的？

但冰心并没有对此表示反感，反而对眼前这位直言不讳的青年颇为欣赏，把他当成自己的良师益友。

吴文藻一九〇一年出生于江苏江阴，他比冰心小一岁。吴文藻的父亲经营着一家小米店，母亲是位很普通的传统女性，他还有两个姐姐。吴家家世虽然不如谢家那样显赫，但一家人温馨和谐。一九一七年吴文藻考入清华学堂，这次是去往美国达特茅斯学院念社会学。轮船上的吴文藻很沉稳，话不多，时常陷入深思。

轮船在无边的大海中漂泊半个月，终于抵达了目的地，同学们各自分别去往自己的学校。

不久之后冰心收到了不少信件，大多数是轮船上的同学写的，内容无非是在异国他乡有幸相识，希望以后多联系这样的客套话。冰心找来找去没有看到吴文藻的信件，就在失望的时候，看到一张明信片，正是吴文藻寄来的，惊喜之余的冰心想这人也是有趣，居然用明信片写信，完全"不按套路出牌"，冰心随即给吴文藻回复了一封信，而给别人回的却是明信片，寥寥几字便打发了事，其中也包括梁实秋。

收到信件的吴文藻也很奇怪，想起在轮船上自己对她说的那些话，没想到她非但没有生气还回复自己，这反而让他不好意思起来。对这位富有才情的冰心女士他还是很有好感的，随后他就买了几本关于文学的书寄给了冰心，以示感谢。就这样，两人开始以书传情。男人和女人的关系往往始于借书，一借一还多出好多旁的事情来。吴文藻时常在给冰心寄的书里做些标注，比如标注一些令人动情的句子，这也算是委婉地表达自己的爱意。

有次冰心因病住院，情绪低沉，吴文藻赶来照顾，嘘寒问暖，叮嘱她要听医生的话，这让冰心感动不已。

　　爱在右，同情在左，走在生命路的两旁，随时撒种，随时开花，将这一径长途，点缀得香花弥漫，使穿枝拂叶的行人，踏着荆棘，不觉得痛苦，有泪可落，也不是悲凉。

　　这是冰心赠葛洛的一段话，文字中透露出了她的爱情观，就是哪怕是踏遍荆棘，那也不要怕，有爱，便有了一切。

　　不久后，梁实秋、闻一多等人在波士顿公演一部中国戏剧《琵琶记》，并邀请冰心出演一个角色，她开心地把这个信息同吴文藻分享，还给他寄过去了一张入场券，希望他能来看自己的演出。

　　但呆呆笨笨的吴文藻此时表现出了不自信。冰心的示意他自然能领会，但想到自己的家世和实际状况，他却怕了，怕自己不能给她幸福。最后他以学业繁忙为由推辞了冰心的这份好意。等到戏剧正式演出的那天，冰心还是满怀期待地希望能看到他的身影，如果他出现，那该多好啊。

　　可是，直到演出开始，冰心一直没见到吴文藻。冰心失望地走上舞台，却在观众席上看到了那个身影。她开心极了，连忙说道：

"这次你来看我，我很高兴。"（还有一说吴文藻是演出完第二天来看望了冰心。）

毋庸置疑，好的事情总会到来。而它即使迟到，也不失为一种惊喜。

经过这次演出之后，两人的关系更加融洽，吴文藻第一次给冰心写了一首情诗。

躲开相思，披上裘儿，

走出灯明人静的屋子，

小径里明月相窥，

枯枝，在雪地上，

又纵横地写遍了相思。

这首诗真的很有韵味，其中的情思，犹如傲立的梅花在淡淡地开放。

一九二五年，冰心与吴文藻同在绮色佳城（现译为伊萨卡城）的康奈尔大学补习法语，当两人再次在同一所大学相遇的时候，简直惊讶得要跳起来，两人不禁感叹命运的神奇。

这个地方的风景非常好，依山傍水，泉水清澈，他们行走在松林之间，结伴而学，倒也惬意。值得一说的是，他们在绮色佳城的这段日子里，还有一对恋人也来到了这里，那就是梁思成与林徽因。前面说过，梁思成与吴文藻是大学同窗，冰心与林徽因也算相识，两对男女在这个世外桃源之地留下了美好的回忆，他们一起谈学论道，一起踏遍山水，一起野炊游玩，留下了不少美好的记忆。

尽管后来冰心与林徽因因为"太太的客厅"事件闹翻，但很多年后，冰心谈起林徽因还是说：

> 1925年我在美国的绮色佳会见了林徽因，那时她是我的男朋友吴文藻的好友梁思成的未婚妻，也是我所见到的女作家中最俏美灵秀的一个，后来，我常在《新月》上看她的诗文，真是文如其人。

在绮色佳城的这段时间里，冰心与吴文藻的关系到了该捅破窗户纸的时候了。在与冰心相处的日子里，吴文藻愈发确定自己爱上了这个女子，而非仅仅是喜欢。在一个明媚的日子里，在波光粼粼的刻尤佳湖上，在一片小小的孤舟上，吴文藻鼓起勇气对冰心说道："我们可不可以最亲密生活在一起。做你的终身伴侣，是我最大的心愿，当然，你不一定立即回答，请你考虑一下。"

我们不知道他在前一天的晚上练习了多少次，也不知道他在做好准备的时候手心出了多少汗。听到吴文藻真诚的表白，冰心不禁脸红心跳，没想到这个呆头呆脑的男人终于肯主动了。

不过，感动之余她还是保持着理性，没有当场答应吴文藻。第二天，冰心对吴文藻说："我自己没有意见，但我不能最后决定，要得到父母的同意，才能最后定下来。"

对于冰心认真谨慎的态度，吴文藻表示理解。

很快，两人面临分别，冰心完成学业后决定回国到燕京大学任教，而吴文藻则继续在哥伦比亚大学攻读博士，这年是一九二六年。在冰心即将启程回国的时候，吴文藻特意赶来，递给冰心一封长信，这是一封写给冰心父母的信，里面情真意切地写了他与冰心倾心相恋，并希望得到冰心父母的认可。

信中写道：

> 爱了一个人，即永久不改变，令爱是一位新思想与旧道德兼备的完人。我自知德薄能鲜，原不该钟情于令爱，可是爱美是人之常情。我心眼的视线，早已被她的人格的美所吸引，我激发的心灵，早已向她的精神的美求寄托。

我由佩服而恋慕，由恋慕而挚爱，由挚爱而求婚，这其间却是满蕴着真诚，我觉得我们双方真挚的爱情，的确完全基于诚之一字上，我誓愿为她努力向上，牺牲一切，而后始敢将不才的我，贡献于二位长者之前，恳乞您们的垂纳！

我看过许多民国才子的情书，沈从文写给张兆和的热烈华美，徐志摩写给陆小曼的缠绵奔放，卞之琳写给张充和的柔情似水，但吴文藻的这封信深深打动了我，因为这封信的字里行间没有丝毫矫揉造作，只有真诚的恳请。

这封表达吴文藻爱意的书信让冰心的父母也感动不已，他们看到吴文藻这份朴实厚重的爱，便欣然同意了两人的婚事。

一九二九年六月十五日，冰心与吴文藻正式结秦晋之好，他们在燕京大学的临湖轩举行了西式婚礼，主婚人是身着黑色长袍的燕京大学校长司徒雷登。婚礼那一天，微风拂过未名湖畔，新郎吴文藻身着深色西装，戴着圆眼镜，风度翩翩，而被花童和伴娘拥在中间的新娘冰心则是一身洁白的婚纱走来，走到吴文藻的身边。从此，两人终身为伴。

这一年，冰心二十九岁，吴文藻二十八岁。

　　这场婚礼招待客人的费用为三十四元。新婚之夜二人在北平西郊大觉寺的一间空房里度过，临时洞房里除他们自己带去两张帆布床外，只有一张三条腿的小桌。

　　婚后在燕园柴米油盐的生活平淡却幸福。有次，吴文藻从冰心父亲那里拿了一张冰心在美国时的照片，摆在自己的书桌上，冰心看到了就俏皮地问道："你是真的要每天看一眼呢，还是只是一种摆设？"吴文藻微笑着答道："当然是每天要看。"后来有次冰心趁吴文藻上课去了，将影星阮玲玉的照片换进相框里。几天之后，吴文藻居然没有任何举动，等到冰心提醒才看到相框里的照片，然后尴尬地笑着把照片换回来了。

　　后来随着战事的爆发，吴文藻一家和许多知识分子一样，南下到了大后方的昆明呈贡县城。不远处住着的就是梁思成一家，但是两家人鲜有往来。有一次时任西南联大校常务委员会主席的梅贻琦来吴家度周末，同来的还有很多原清华的师生好友，畅谈之余冰心兴致盎然地写了一首宝塔诗：

　　　　马
　　　　香丁
　　　羽毛纱

样样都差

傻姑爷到家

说起真是笑话

教育原来在清华

冰心诗中其实是在调侃在场的清华人，但梅贻琦听完哈哈一笑，调皮地在后面加了两句：

冰心女士眼力不佳，

书呆子怎配得交际花。

冰心听完，会心一笑，只好承认是"作法自毙"。

新中国成立后，一波波政治浪潮席卷而来。一九五八年四月，吴文藻被错划为右派，被逼迫写各种材料，这对一向正直的他是何其艰难，莫须有的东西如何写在纸上？冰心也只能安慰他，两人相互依偎，共同承受着各种苦闷和委屈。后来，冰心面见周恩来总理，这才让吴文藻在一九五九年摘掉了"右派"的帽子，渡过了这一难关。

一九八三年，他们搬进民族学院新建的高知楼新居，在那里度过了一段浪漫的好时光。两人伏案写作，抬头相望，用冰心的话说就是他写他的，我写我的，熟人和学生来了，就坐在我们中间，说说笑笑。这种相敬如宾，共度似水流年的感觉实在是太美好了，远胜过繁花似锦的炽热。

一九八五年六月二十七日，吴文藻因脑血栓住进北京医院。之后，一直处于昏迷状态。九月二十四日，吴文藻带着他对冰心的眷与恋在北京逝世，享年八十四岁。

一九九九年二月二十八日，冰心逝世，享年九十九岁。死后两人骨灰合葬，骨灰盒上写着：

江阴吴文藻

长乐谢婉莹

生同眠，死同穴，天地合，不可与君绝，这大抵就是世间最圆满的爱情了。

你走，我当你没来过

引语

　　遥想当年，他给她改名为蒋碧微，后来，他给另一个女人改名为孙多慈。

　　他送她刻着"碧微"二字的戒指，后来，他把刻着"慈悲"二字的红豆戒指戴在了另一个女人手上。

徐悲鸿原名徐寿康，出生于江苏的一个小城。他家境贫寒，但从小天赋异禀，对画画有着极高的领悟力，他觉得自己就是一只悲哀的鸿雁，心有大志却为俗尘所累，于是便改名为"悲鸿"。

二十岁那年，他毅然来到上海，他想要飞得更高。

那时候有个叫哈同的犹太人创办了一所大学，王国维、康有为等知名人士都被请来任教，徐悲鸿带着自己的画去应聘美术老师，学校的人一看他的画作，不但让他留下任教，还把他送到复旦公学继续深造。

说来也巧，蒋碧微的父亲蒋梅笙当时正好在复旦公学任教，自然和这些文人雅士走得近些。也正因为这样，徐悲鸿有机会见到了这位蒋家二小姐。

蒋碧微算是大家闺秀，当时还叫蒋棠珍，长相清秀，气质又好，从小接受良好教育，举止之间自然让这位刚进城的小青年一见倾心。

蒋家人对徐悲鸿印象很好，甚至叹息道："要是我们再有一个女儿就好了。"

原来蒋家大小姐嫁了人，二小姐蒋棠珍十三岁就有了婚约在身。但爱情这事，还真说不准。蒋棠珍对未婚夫查紫含根本没有感情，而且对方人品还差。那时候查紫含也在复旦公学念书，据说有次考试前他借着和蒋家的关系希望能得到试题答案，这让蒋家人十分失望。想到自己要和不爱的人过一辈子，蒋棠珍就十分痛苦。

徐悲鸿去蒋家的次数多了，渐渐喜欢上了这位二小姐，但因人家有婚约在身，自然不敢大胆表露爱意，只能时常给予安慰和关怀。蒋棠珍说："他给我带来新奇的感觉和秘密的喜悦，我觉得他很有吸引力，不仅在他本身，同时也由于他那许多动人的故事，以及他矢志上进的毅力，这都使我对他深深地爱慕和钦佩。"

王映霞初识郁达夫时，也说对他充满了爱慕和钦佩，这种似情非爱的东西终究让她们都遍体鳞伤。

徐悲鸿与查紫含两人在她的心里地位高下立判，爱的天平慢慢倾向徐悲鸿。这时候的徐悲鸿已经在酝酿带走蒋碧微的戏码。

他托朋友朱了州问她："假如现在有一个人，要带你到外国，你去不去？"蒋碧微说："我去！"

一九一七年五月十三日，就在婚期到来前几天，蒋棠珍趁着夜色拎着行李跑到长发客栈与徐悲鸿见面，两人相拥在一起。这一刻，他们是自由的，这一刻，他们开始了爱恋。

那一年，徐悲鸿二十二岁，蒋棠珍十八岁。

穷画家徐悲鸿就这么"拐走"了家境殷实的大家闺秀。

私奔这事给蒋家带来了难处，查家已将婚礼准备妥当，结果新娘子飞了，按照当时的观念，蒋家要给查家一个交代。走之前蒋棠珍留了封"遗书"，好让人们都以为她死了，家里无奈只好对外说蒋棠珍去苏州探亲的时候因病去世了，还正儿八经地买了棺材办了葬礼。

徐悲鸿与蒋棠珍从此远离故土，四海漂泊。徐悲鸿为蒋棠珍取了个新的名字，以示新生，于是有了蒋碧微。

徐悲鸿定做了两只戒指，把两人的名字分别刻上，他整天戴着刻有"碧微"的戒指，当别人问起，他就幸福地说："这是我未来太太的名字。"当别人问起他太太是谁时，他就笑而不语。

直到六十年后，物是人非，垂垂老矣的他谈及此事依然动情不已。

一九一七年五月，徐悲鸿与蒋碧微来到了日本。离开家后的蒋碧微常常想念父母，不知道自己走后他们是如何着急，又是如何处理这件事情。而且，享受了获得自由的欢喜之后便是体会生活的艰辛。爱情并不是万能的，柴米油盐才是正事，徐悲鸿是艺术家，蒋碧微从小饭来张口衣来伸手，面对生活琐事，两人只能大眼瞪小眼。很快，他们就没钱了，无奈只能返回上海。

在上海，徐悲鸿的艺术生涯得到很好的发展。一九一九年他们决定再次出国，这次他们去了巴黎，因为有公费留学名额。徐悲鸿进修美术，蒋碧微则学语言，这样的日子平淡而踏实。徐悲鸿奋力追求艺术的高度，像着了迷一样，蒋碧微忍不住叹气道："他只爱艺术，不爱我。"虽说有怨言，但也安心操劳家务，将简朴的生活过得妙趣横生。幸福不是奢华，只要有爱的滋润和感情的发酵，即便生活困苦艰难，也是幸福而充实的。

徐悲鸿并不知道，在巴黎的那几年，已经有个男人爱上了蒋碧微并向她写信告白。

一九二七年，他们选择再次回国。镀金回来的徐悲鸿炙手可热，讲课办学，忙得不可开交，他用他的画笔开辟出了远大前程。

蒋碧微苦尽甘来，与他分享着成功的果实。那应该是徐夫人最为风光的时候，她不知道，不久，将有人会夺走她拥有的一切。

此时，他们已经有了一对儿女，蒋碧微在上海照顾小孩，而徐悲鸿在中央大学任教，每月有一半时间都在南京。对于家庭，他的确没有尽到应尽的责任和义务，而蒋碧微也耽于交际，经常在家中举行各种舞会。

异地、工作、艺术、家庭，这四个因素在两人间滚动，没有平衡自然是要出事的。蒋碧微并不是一个传统意义上的贤妻良母，虽然她为了丈夫和家庭做出了很多牺牲，但她始终有自己的艺术和生活追求。

一九三〇年，在宜兴老家的蒋碧微收到一封信，看完之后如遭晴天霹雳。

> 我接到徐先生的来信，催我回南京。他在信上说，如果我再不回去，他可能就要爱上别人了。

接到信的蒋碧微气急攻心，很快赶回了南京，徐悲鸿坦白自己最近情感上有波动，很喜欢一位他认为才华横溢的女学生，名字叫孙韵君。

孙韵君那年十八岁，本来是去报考文学院的，但没有被录取，便去了艺术系旁听。徐悲鸿见到了她的画作，很是欣赏，便有意培养她，还给她取了一个名字，孙多慈。就在这段感情继续升温的时候，徐悲鸿选择了向妻子坦白。

蒋碧微听完如遭五雷轰顶，想着自己这一年接连失去了弟弟和姑母，如今连婚姻也摇摇欲坠，心里所有的委屈都爆发了，大声地哭了起来。徐悲鸿连忙安慰她说道，自己只是爱惜孙多慈的才华，并无出格之想。

对此，蒋碧微是不信的。

徐悲鸿没有就此断念想，反而和孙多慈越走越近。后来，孙多慈考入艺术系，从一名旁听生正式成为徐悲鸿的学生。

徐悲鸿每天早出晚归，白天上课，晚上还要去画室教学。蒋碧微看着家里冷冷清清，落寞之情顿生。再想到自己的丈夫在画室和他的"得意门生"在一起，好不惬意，就更加愤怒和崩溃。

于是他们开始争吵，隔阂越来越深。后来蒋碧微陪着徐悲鸿去欧洲办画展，一展就是近两年，本以为两人可以趁此机会修复感情，却没想到，回来之后，徐悲鸿和孙多慈的感情犹如干柴烈火，一触即发，就差登报告诉全世界："我们才是真爱。"

有一次，徐悲鸿带着学生们去采风，孙多慈也在其中，对他们的师生恋大家都看在眼里。两人一路甜蜜同行，无视他人目光。后来，这事被传出去了。

采风回来之后，蒋碧微发现丈夫手上多了枚红豆戒指，上面刻着"慈悲"二字，"慈"是孙多慈，"悲"是徐悲鸿。当知道这是孙多慈所赠的时候，蒋碧微顿时火冒三丈。

遥想当年，他给她改名蒋碧微，如今，他给另一个女人改名为孙多慈。

他送她刻着"碧微"二字的戒指，如今，他把刻着"慈悲"二字的红豆戒指戴在了手上。

一九三四年，孙多慈从艺术系毕业，徐悲鸿便开始为了给孙多慈争取官费出国留学的机会而奔走，蒋碧微索性给留学收方写信揭短，把这事搅黄了。

徐悲鸿向往自由，追求极致的美，当年不顾一切追求蒋碧微，就是因为他浪漫主义的天性，如今对孙多慈也是同样，他从不顾忌世人的眼光。蒋碧微的做法让徐悲鸿越发受不了，她越是强势压制，他越是叛逆。

事情闹得沸沸扬扬之后，孙多慈回安徽老家当中学老师去了，徐悲鸿郁郁之下去了桂林，这段师生恋就此中止。貌似蒋碧微赢了，丈夫终究没有和孙多慈在一起，可是，他们夫妻之间的隔阂却更深了，蒋碧微心中痛楚谁又能懂呢？

她还是爱着悲鸿，她去桂林找他，劝他回家，他断然拒绝。

徐悲鸿在给蒋碧微的信里写道："吾人之结合，全凭于爱，今爱已无存，相处亦不可能。"

再说再做什么都是徒劳，两个人心的距离越来越远。

后来，蒋碧微这样说道：

> 徐悲鸿的心目中永远只有他自己，我和他结婚二十年，从来不曾在他那里得到丝毫安慰和任何照顾。

蒋碧微陷入了孤独与悔恨之中。就在这时，一个人的追求让她更加摇摆不定，这个人就是张道藩。早在巴黎的时候，她与张道藩就有暧昧的关系，那时候的留学生有个相互扶持的团体叫"天狗会"，徐悲鸿是老二，张道藩是三弟，因为只有蒋碧微一个女性，所以大家戏称她为"压寨夫人"。

在徐悲鸿沉迷作画和卖画维持生活的那段时间，张道藩就经常带蒋碧微出去。如今的他已弃画从政，政途顺利。他的出现让蒋碧微满是疮痍的心得到了慰藉。他往日的温柔儒雅她还没有忘记，他的爱没有轰轰烈烈，却如细雨般滋润着她，她不会再错过了。

张道藩还是狂热地给她写信，她一时也不知道如何抉择。正在这时，发生了一件事，让她彻底断了与徐悲鸿复合的念想。

那是一九三七年，时局更加动荡，徐悲鸿没有把自己的妻儿接到桂林，却把孙多慈的家人从安徽接到了桂林，他还在《广西日报》上刊登了启事，表示与蒋碧微脱离"同居关系"。

徐悲鸿的启事中写道：

> 鄙人与蒋碧微女士久已脱离同居关系，彼在社会上的一切事业概由其个人负责。

这种事后来徐悲鸿还做过一次，后一次是为了廖静文。

这一切让蒋碧微感到胸口被人刺了一刀。她十八岁时不顾一切与他私奔，同甘共苦二十年，生有两个小孩。贫苦没有使她放弃，流言蜚语没有使她后退，虽然两人关系行至浅滩，但她无论如何还是想着这个男人能和她白头偕老。结果，她没有得到一个名分也就罢了，如今居然还被刻薄地说是"同居关系"，这实在太不厚道。

徐悲鸿以为和蒋碧微撇清了关系就能和孙多慈名正言顺地在一起，但孙父却觉得徐悲鸿太不靠谱，人品太差，没有同意这门婚事，带着全家老小离开了桂林。

两年后，孙多慈另嫁许绍棣。

徐悲鸿竹篮打水一场空。

此时，张道藩与蒋碧微已生活在一起了。相比徐悲鸿，张道藩更适合她，她也享受这种被捧在手心的感觉。徐悲鸿远走印度去讲学。

三年后，徐悲鸿回国，两人再度相见，蒋碧微已视他为路人。

他后悔了，开始回想起和蒋碧微在一起的点滴，开始想起他们的孩子。他心生愧疚，有了复合的念头。

但蒋碧微拒绝了，并拒绝了六次，无论这个男人在她面前表现得多么悔恨。蒋碧微对徐悲鸿说："你来，我相信你不会走；你走，我当你没来过。"

复合无望的徐悲鸿只好作罢，此时，一位叫廖静文的小姑娘又闯入了他的世界。那一年，他年近五十，她才十九岁。

蒋碧微知道以后讥诮道："一树梨花压海棠。"蒋碧微提出的离婚条件是要一百幅徐悲鸿的画作、四十幅收藏画作、一百万现金，以及两个子女每月各两万的生活费。要知道那时的徐悲鸿每月薪水还不到两万，一下子要这么多，徐悲鸿无奈之下只好拼了命地画，最后病倒了，是廖静文一直陪着他。他说过的要给她一个名分，因为，有名分才有地位，而这个名分就是结婚。廖静文感动得不知道说什么好，同时心里对蒋碧微愈发憎恶。她专门发表了这样一则声明：

> 悲鸿与蒋碧微女士因意志不合，断绝同居关系已历八年。中经亲友调解，蒋女士坚持己见，破镜已难重圆，此后悲鸿一切与蒋女士毫不相涉。兹恐社会未尽深知，特此声明。

蒋碧微把这份声明用玻璃镜框镶好，放在客厅迎门的书架上，命名为"碧微座右铭"。

一九四五年年末，徐悲鸿去找蒋碧微离婚的那天，他们在重庆的沙坪坝碰面。那天的徐悲鸿提着一麻袋的钱和画，神情沮丧，脸色苍白，目光无神，反倒是蒋碧微显得轻松愉悦。她清点之后，潇洒签字，然后坐上了见证律师沈钧儒的车绝尘而去。据说，那天蒋碧微打了一整夜麻将。

结束了吗？

都结束了。

一九四六年，徐悲鸿与廖静文结婚。一九四九年，蒋碧微追随张道藩远走台湾。九年后，徐悲鸿病逝，享年五十九岁。

在台湾的岁月里，蒋碧微与张道藩过着平凡的生活。他们一起装饰房子，在门前种了不少花草，还建了一个鱼池。两人都格外珍惜这段姻缘，似乎是在弥补之前错过的一般，他们尽情享受着这种爱。

这段幸福的有效期，十年。

张道藩在留学期间与法国姑娘素珊结婚，两人育有一女名叫丽莲。一九五八年的一天，张道藩对蒋碧微说，我想妻子和女儿了，我想把她们接回来。蒋碧微懂了他的意思，她想，是啊，他终究是一个有家庭的男人，我比孙多慈幸运，没碰到一个如我似的女人，所以，我能理解他，我不该恨他，我应该感激他，是他给我半生的爱，陪我度过那阴郁的时光，是时候了，我该把他还给他的妻子、他的女儿，他会是个好丈夫、好父亲。

两人和平分手，蒋碧微给张道藩留了最后一封信：

自从我被悲鸿遗弃之后，如果没有和你这一段爱情，也许我会活不下去。感谢你给了我那么多温馨甜蜜的回忆，我们有整整十年的时间晨昏相对，形影不离。在这辞年伤暮的时候，绽放了灿烂的花朵，十年，我们尽了三千六百五十日之欢，往事过眼云烟，我们的情愫也将结束，祝你重享天伦之乐。

此后的蒋碧微一个人生活了二十年，晚年孤独的时候就看看桌上的照片，里面是她的一对儿女。

一九六八年，张道藩病逝。

他爱了蒋碧微一生，陪了她十年。

一九七八年，蒋碧微去世，终年七十九岁。

引语

在你的生命中，我将孤独地老去

鲁迅·朱安

　　朱安明白自己这一生的命运，明白她追随鲁迅的一辈子，与他也只能是两条平行线，此生没有相交的可能。她终其一生，都不会是那个与鲁迅温馨相伴的女子。

朱安，许多人听到这个名字就会惋惜。倘若不是因为鲁迅，那她就是当时旧社会一个普通极了的女人，没有人会注目于她，但她偏偏是鲁迅先生的原配夫人，却也是一位悲苦的女人。朱安和鲁迅的婚姻开始像极了胡适与江冬秀，然而，她却没有江冬秀那样的好运气和魄力，最后只有孤独地老去。

鲁迅，原名周樟寿，后改名周树人，近代著名思想家、文学家。一八八一年出生于浙江绍兴，祖父和父亲都是读书人，鲁迅从小就受到良好的教育。他十八岁时入江南陆师学堂附设矿务铁路学堂学开矿，开始接触现代科学知识。毕业后公费赴日本留学。

一九〇六年六月，烈日当照，日本仙台的夏季让人甚是燥热难耐，这时的鲁迅突然接到了一封来自老家的电报：

母病速归。

寥寥几字，却让鲁迅心中顿时紧张起来，焦虑笼罩在他的心间。母亲那苍老的容颜无时无刻不浮现在他的眼前，他再也按捺不住自己的焦虑，于是匆匆回到了老家绍兴。

然而，他看到的不是家中弥漫的悲伤之情，而是欢天喜地热闹非凡，搭舞台、贴窗纸，家人忙里忙外，不亦乐乎。看着眼前这喜庆的一切，鲁迅明白了，自己是被骗回来结婚的。

看着家里人忙前忙后，每个人的脸上都洋溢着灿烂的笑容，看着母亲见到自己到来的欢喜之情，他顿时没了脾气。既然木已成舟，那就只能接受。鲁迅对自己的母亲鲁瑞是很尊重的，连笔名都是取自母亲的姓。面对这突如其来、莫名其妙的一切，鲁迅和胡适发出同样的感慨：这是母亲送的苦涩的礼物。

家里为他选定的妻子就是朱安。朱安一八七八年出生于绍兴，祖上做过知县一类的官，到她父亲这一辈就以经商为生了。周家老太太见其听话、脾气温顺才有意谈亲，在绍兴，老家亲戚们都称朱安为安姑。

一九〇六年七月六日，鲁迅与从未谋面的朱安成婚，这注定是一场无情无爱的婚姻。

婚礼上的鲁迅不吵不闹，顺从地走完了所有的婚礼流程，装了一条假辫子，穿上了新郎服，这可把家里人惊着了。原本在场所有的人都严阵以待，知道这位大少爷是留过洋的，怕他不会乖乖就范。见他居然不反抗，家里人都松了一口气。其实从知道真相的那一刻起，鲁迅就已心如死灰。

为了这场婚礼，朱安的娘家人也是费心费力。知道鲁迅不喜欢缠足的小脚女人，所以在上花轿之前给朱安换了一双大的绣花鞋，为了能穿得合脚，往鞋子里面塞了很多棉花。然而在花轿到的时候，由于花轿比较高，朱安一脚踏空，没踩到地面，绣花鞋掉了下来。这下就露馅了，小脚也就暴露了出来，这让迎亲的鲁迅看到甚为尴尬。

慌乱之中绣花鞋还是穿回了朱安的脚上。看着新娘从花轿里走了出来，矮小的身材，松垮的新娘服，一切显得那样不和谐。

揭开新娘那红色的盖头，鲁迅第一次见到了朱安的面容。

她脸型修长，面色发黄，上额突出，下颏尖。想到自己往后要与这位陌生的女子共度余生，鲁迅心头不禁泛起苦涩。

洞房花烛夜，鲁迅没有越雷池半步，而是独自在床上辗转反侧，彻夜难眠，他留给朱安的只有沉默。

他说：

　　这是母亲给我的一件礼物，我只能好好地供养她，爱情是我所不知道的。

可想而知，说出这句话的鲁迅，心中是有多少苦涩。

对于朱安，这又何尝不是痛苦和折磨呢？

天亮之后，鲁迅便早早起床，仿佛身边的这个女人和自己没有任何关系，第二天、第三天他都在母亲的房中看书到深夜，然后静静地睡去。

这一切，都让她不知所措，深深绝望。那种自责、孤独、无助笼罩着这位新娘。

孤独落寞的朱安在新房中流着眼泪，她不知道自己的未来还能否找到寄托。

第四天，鲁迅便和二弟周作人及几个朋友启程回日本了，这一走就是三年。

一九〇九年八月，鲁迅结束了自己在日本的留学生涯归国，先在杭州一所师范学校任教，后来回到了绍兴，任绍兴浙江省立第五中学教务长和绍兴师范学校校长。鲁迅的归来并没有改变他与朱安之间的距离，哪怕是那段时间鲁迅人在绍兴，他也大部分时间住在学校，即使回家也只是稍作停留，刻意与朱安保持着距离。

他和朱安依旧是形同陌路，朱安尽职尽责地做着周家的儿媳，勤勤恳恳地尽着妇人的本分，鲁迅与朱安虽有夫妻之名，却无夫妻之实。

一九一二年初，时任国民政府教育总长的蔡元培邀鲁迅到教育部工作，后来随着临时政府前往北平，鲁迅也孤身一人前往赴任，开始了长达十四年在北平的生活。朱安只能留在绍兴老家，照顾周家老太太，二人分别的时间长达七年，直到一九一九年鲁迅把她们接到了北平，他们的生活才又开始有了交集。

在这七年的时间里，鲁迅把自己沉浸在浩瀚的书海里，让自己忘却这些世俗的烦心事，虽有苦闷却也快活。

一九一九年十一月，鲁迅才在北京西直门内公用库八道湾置了一套院子，共花了三千五百元钱，这笔钱主要是他向朋友借的钱加上自己的积蓄和卖了老家房子凑起来的。其实当时鲁迅的薪水是非常可观的，不过后来教育部经常拖欠薪水，导致鲁迅时常借钱度日，这也让他脾气暴躁了不少。

鲁迅一家在八道湾十一号开始了新的生活。这是一个三进院，分为内中外三院，内院住了两个兄弟周作人和周建人，中院留给了母亲和妻子朱安，而鲁迅自己则住在了外院。按理说一大家子人住在一起应该其乐融融，感情融洽，然而并不是。鲁迅对待朱安的态度没有什么改变，依旧冷漠，两人不同房不聊天，平日里除了必要的交流以外，听不到任何的亲密交谈，更谈不上夫妻之间的相互依偎。

一九二三年，鲁迅与二弟周作人发生矛盾，兄弟从此不再往来。鲁迅便问朱安是愿意回娘家还是跟着自己搬出，朱安义无反顾地选择了后者。他们辗转又住到了砖塔胡同二十一号，当时作为他们邻居的俞芳在《我记忆中的鲁迅先生》中回忆说：

> 大师母个子不高，身材瘦小；脸型狭长，脸色微黄，前额、颧骨均略突出，看上去似带几分病容。眼睛大小适中，但不大有神，而且有些下陷，梳发髻。脚缠得很小，步履缓慢不稳。
>
> 她当时虽只有四十多岁，可是穿着打扮比较老式，除夏天穿白夏布大襟短衣，下系黑色绸裙外，其他季节的衣服都是色泽较暗的，朴素整洁。从外形看，是旧式妇女的典型模样。平日少言寡语，少有笑容。

在砖塔胡同的日子，鲁迅和朱安依旧是分开居住的，家里的钱财交由朱安打理。有时候周老太太会来小住几日，但大部分时间还是两人大眼瞪小眼，各过各的，连换洗衣服都是用两个不同的箱子来放的，鲁迅把要换洗的衣服放到箱子上，朱安洗好后放到另一个箱子上，鲁迅就知道洗好了然后拿去穿。

朱安很关心鲁迅的身体，她知道鲁迅的烟瘾很重，每当深夜听到对门房间里传来咳嗽的声音，她心里也万分不好受。等到天明鲁迅走后，朱安会偷偷地看一看鲁迅留下的痰迹里的血丝有没有增加。

朱安是成长在旧社会的家庭，不懂得何为民主、何为女性独立，只知道从嫁入周家的那天起，她生是周家人，死是周家鬼，无论鲁迅如何冷落她，她依旧勤俭持家，洗衣做饭。她亲切地称鲁迅为大先生，生怕越了他心中的界，一切都那样地小心翼翼。虽说鲁迅对朱安冷漠，但当朱安身体不适的时候，鲁迅还是会雇人力车送她到医院，还扶着她上下车，带她去看病。

周先生对我不坏，彼此间没有争吵。

朱安这样说道。

没有争吵才最可怕，因为，心死了也就懒得吵了。

冷漠，最是伤人心。

他们住砖塔胡同算是借住，那里算不得他们自己的房子，自然住得有些不自在。后来鲁迅咬咬牙置了一套房子，那是属于他自己的房子。于是在一九二四年五月，鲁迅和朱安就住进了阜成门内西三条胡同二十一号，后来把周老太太一同接来居住，这样算是给孤独的朱安带来了一丝慰藉。

鲁迅面对与朱安，心中难免忧愁，他曾在《随感录·四十》中说：

> 爱情是什么东西？我也不知道。中国的男女大抵一对或一群——一男多女的住着，不知道有谁知道。

没有爱情的两人，还是需要继续生活。身边的朋友开始给鲁迅出主意，建议他休妻或者把朱安送回老家，每月给钱即可。但鲁迅都没有接受，他的考虑估计主要有三点：

> 一、旧社会的女子如果被夫家送回娘家，那就意味着丧失了再嫁的可能，会被旁人认为是没有尽到义务被夫家抛弃

了，是没有人家敢再娶的。

二、哪怕回了娘家，也是有失颜面的事情，在族人面前会一辈子被人指指点点，丝毫没有地位，又谈何生存。

三、鲁迅很明白朱安的不幸不是他能控制的，朱安没错，是自己当时的软弱造成了这个局面，他良心上无法责备于她，甚至还怀有深深的愧疚。

朱安自己也是不会选择远离鲁迅的，无论自己在周家是何地位，鲁迅如何待她，她认定了的，就不会改变。鲁迅一度封闭了自己的感情世界，直到他认识了许广平。

许广平一九二三年考入北京女子高等师范学校国文系，成为了鲁迅的学生。许广平是新式女子，有个性也有思想，面对博学睿智的鲁迅她早已表露爱慕之情，两人开始了书信往来，一九二五年，两人正式确定关系，一九二六年八月，鲁迅决定与许广平离开北京南下到上海定居，之后并未结婚。当时的朱安也没有表示反对，她尊重大先生的选择。她一直留在北京照顾着周家老太太，直到一九四三年周老太太去世。此后，北京，只剩朱安一人孤独地生活着。

一九二九年，鲁迅与许广平的儿子周海婴出世，听闻消息的朱安高兴不已。虽然自己此生未能给大先生留下子嗣，但她把周海婴当作自己的儿子来看待。朱安曾说：

> 我好比是一只蜗牛，从墙底一点一点往上爬，爬得很慢，总有一天会爬到墙顶的。可是现在我没有办法了，我没有力气爬了。
>
> 我待他再好，也是无用。

朱安明白自己这一生的命运，明白她追随鲁迅一辈子，与他也只能是两条平行线，此生没有相交的可能。她终其一生，都不会是那个与鲁迅温馨相伴的女子。

一九三六年十月十九日，鲁迅先生病逝。消息传回北京，听闻之后的朱安悲痛不已，几次想要南下给大先生料理后事，毕竟她是鲁迅的发妻。然而事与愿违，当时周老太太已经年逾八十，身体也一直不好，需要朱安的陪伴和照顾。最后朱安选择在南屋给鲁迅设置了灵堂，为鲁迅先生守灵。南屋曾经是鲁迅的书房，见证了鲁迅在北京生活的点点滴滴。

那段时间，她穿着白鞋白袜，并用白带扎着腿，头上挽着一个小髻，也用白绳束着，眼泪盈眶，哀痛之意流露无遗。

鲁迅逝世后，朱安的生活成了问题。以前都是有鲁迅照顾接济，如今斯人已逝，朱安的生活费用则由许广平接济，每月汇款至北京。朱安对此甚是感激，当时也有很多鲁迅生前的好友们表示愿意接济朱安的生活，但她都拒绝了，朱安晚年还说：

> 许先生待我极好，她懂得我的想法。她肯维持我，不断寄钱来，物价飞涨，自然是不够的，我只有更苦一点自己，她的确是个好人。

面对战争的动荡和物价飞涨，原定的那些抚养费显得杯水车薪，更不用说还时常中断，所以朱安的生活十分清苦，每天只能吃点窝窝头和青菜寡汤，然后自己做点腌菜。这导致晚年朱安只能卖掉一些鲁迅的藏书，以勉强度日，但这引起了许广平和鲁迅生前好友的警觉。所以在一九四四年，按照许广平的委托，鲁迅的学生宋琳带着从上海赶来的唐弢与刘哲民，一同去拜访朱安，希望能妥善地保管这些遗物，但朱安一时情绪激动地说道：

> 你们总说鲁迅遗物，要保存，要保存！我也是鲁迅遗物，你们也得保存保存我呀！

这句话真是如刀一般割在每个人的心上，最后在旁人动之以情、晓之以理的说服下，特别是朱安知道许广平在上海受到严刑拷打之后，朱安的心软了下来，此后也就不提卖藏书之事了，同时还把这些遗物的继承权全部交给了周海婴。

一九四六年十月，许广平为了整理鲁迅的文稿来到了朱安的住处，这时离鲁迅离开已经二十年了。许广平见到了风烛残年的朱安，朱安也望着许广平，两人竟说不出话来。

二十年，是非恩怨早已在时光里被磨平。

二十年，斯人已逝留得回忆又何必耿耿于怀。

一九四七年六月二十九日，朱安在北京的住处孤独地去世。前一天，鲁迅的学生宋琳去看望朱安，那时的她已不能起床，但神态清醒，她泪流满面地向宋琳说出自己的遗愿：

> 请转告许广平，希望死后葬在大先生之旁。
>
> 另外，再给她供一点水饭，念一点经。
>
> 她还说，她想念大先生，也想念许广平和海婴。

最后事与愿违，朱安葬在西直门外保福寺的一片私地，没有墓碑，没有题字，仿佛这个世界，她不曾来过。

朱安的一生，是悲剧的一生，如她自己所说：鲁迅与她不好，她想好好地服侍他，一切顺着他，将来总会好的。

然而一切没有变好，她与鲁迅越走越远，她就这样在岁月中蹉跎了自己的一生。就像那只蜗牛，一点一点地往上爬，她相信总有一天能爬到墙顶，走进鲁迅的心里，但鲁迅终究不是胡适，朱安也不是江冬秀，她拼尽余生的力气，终究也没能成为鲁迅心口上的一颗朱砂痣。

最好的爱情，便是我懂你

引语

张伯驹的任性，潘素都包容，这甚是难得。张伯驹喜欢的藏品，潘素都能鉴赏一二，志趣相投的人才是最好的伴侣。

张伯驹与袁克文、溥侗、张学良并称为民国四公子。在这四个人中，袁克文是袁世凯的次子，溥侗是溥仪的族弟，张学良就更不用说，是民国戏中的常客了，唯独张伯驹不如其他几位声名响亮，但他却是最有趣、最有文人风骨的一个。他一生耗尽家财致力于收藏，却不是为己，正如他所说的："予所收藏，不必终予身为予有，但使永存吾土，世传有序。"此乃真丈夫也。

张伯驹面容白皙，身材颀长，举手投足间，不沾一丝一毫的烟火气。他从不西装革履，长年着一袭长衫，待人温和如玉，是一位真正的谦谦君子。

普通人一生中能在一件事上做出成绩就不错了，可张伯驹不是，他是集收藏家、书画家、诗词家、戏剧家于一身的旷世奇才。

一八九八年三月，张伯驹出生于河南项城，小时候过继给了伯父张镇芳，而这位张镇芳与同为项城人的袁世凯有点远亲关系——他是袁世凯长兄袁世昌的妻弟。这为日后张家的崛起奠定了政治基础。

张伯驹从小天资聪慧，学起诗词歌赋来一点即通，被称为神童。二十岁时他从袁世凯的混成模范团骑兵科毕业，从此开始了自己的军政之路。尽管一路高升，可他并不开心，尔虞我诈不是他想要的，相比权力和欲望，他更想做一个闲云野鹤般的读书人。

张伯驹在遇见潘素之前，是有过三任妻子的。张伯驹的儿子张柳溪在《父亲张伯驹的婚姻》中提到，早在张伯驹十五岁时，家里就替他做主订了婚事，对方是安徽督军李家的千金。包办婚姻自然谈不上感情，张伯驹文艺清高，这位李氏自然无法吸引他。结婚之后两人未留下子嗣，李氏在一九三九年去世。第二任妻子邓韵绮是一位京韵大鼓艺人，烧菜是一把好手，也能和张伯驹对饮畅谈，但因抽大烟而遭张伯驹不喜。第三位夫人王韵缃是治家能手，家里上下都由她打理，张镇芳对这位儿媳也十分满意，所以就把她留在了天津老家，这三位夫人中，她是最明事理、顾大局、识大体的一位。

潘素原名潘白琴，也叫潘慧素，苏州望族之后，弹得一手好琵琶，后流落风尘。潘素气质不凡，虽然因家道中落，不幸坠入烟花之地，但她依旧保持着自己的秉性，直到遇到了张伯驹。

一九三五年，张伯驹从天津到上海赴任盐业银行总稽核，这份工作实际上不需要管多少事，只需查账即可，于是他有了很多闲暇时间，可以醉心于收藏、京剧和诗词歌赋。

当时的文人往来，少不了要去风月场所应酬交际。就在一次吃花酒的时候，他无意间见到了当时艺名为潘妃的潘素，她气质优雅，令张伯驹不禁心动，而后便送了一副对联：

潘步掌中轻，十步香尘生罗袜

妃弹塞上曲，千秋胡语入琵琶

潘和妃二字正好是潘素的艺名潘妃，而她最擅长的琵琶也被融入了对联中。经过此番夸奖赞叹，潘素对这位风度翩翩、才华横溢的张公子，自然也很有好感。可此时的潘素却被一位叫臧卓的国民党中将觊觎着，臧卓已经准备要明媒正娶潘素了。

当臧卓得知半路杀出了一个张伯驹之后，也不好直接发作，就将潘素金屋藏娇般软禁了起来，这可急坏了张伯驹。他初来上海，人生地不熟，只好请朋友帮忙，心想只要把她带到北京就好了。在一番周折之下，他把潘素解救了出来，当找到她的时候，潘素因终日以泪洗面，眼睛肿得跟桃子似的。

张伯驹与潘素在苏州举行了婚礼，这种才子佳人式的结合，自然引得旁人羡慕，张伯驹也欣喜不已。婚后他请来各路名师朋友来教潘素学习山水画、古文。潘素自幼琴棋书画都略识一二，如今重拾，进步飞快，大有长进。时间一长，夫妇二人的配合愈发默契，潘素画山水，张伯驹填词，举案齐眉，琴瑟和谐。正如张伯驹带潘素登峨眉山时写下的那样："相携翠袖，万里看山来。云鬟整，风鬟艳，两眉开，净如揩。"

张伯驹慧眼识人，潘素不甘平庸。前者在滚滚红尘中一眼看出了潘素的独特，而后者则在众多权贵中发现了前者的另类。张伯驹给潘素提供了人生的另一种可能，而她也紧紧地握住了，这才有了山水画大师潘素的美名。张大千曾这样称赞潘素的画作："神韵高古，直逼唐人。谓为杨升可也，非五代以后所能望其项背。"

如果说潘素是因张伯驹对她有救命之恩才委身相嫁，那接下来的事可谓是患难见真情。一九四一年，汪伪政府的一个师长绑架了张伯驹，并向潘素索要赎金三百万，声称不给就撕票。

一个弱女子面对这种事情自然有些慌张，此时的家中早已不复往日风光，张伯驹仅有的积蓄都拿来买收藏品了，要一下子拿出这么一大笔钱实在是困难。一方面家里没有现金赎人，另一方面心爱的藏品又不忍变卖，那都是张伯驹的命。

万分痛苦之下，潘素决定这样做：一是托朋友打探消息，找关系上下打点；二是变卖自己的首饰，凑出赎金。最终在潘素和朋友们的努力下，赎回了张伯驹，代价是四十根金条。经此患难，所有人对潘素的临危不乱和不离不弃大加赞赏，而张伯驹也十分感动，对潘素更是刮目相看。

除了在琴棋书画上二人配合默契，二人在生活上的点滴也让人忍俊不禁。比如马宝山就回忆说："那回张伯驹举着掸子撵得潘素围着桌子转，谁也劝不了，谁劝打谁。我去了亲手把掸子从他手夺下来。张伯驹说：'真是气死我了！'"

"真是气死我了"，就像是一个孩子面对心爱人的疼爱，现在读来，尽是柔情。

章诒和曾写过两人之间的一件趣事：

张伯驹在生活上依赖潘素，家里的钱财皆由潘素掌管。潘素深知张伯驹嗜画如命，见到喜欢的不计钱财都要买下。有次张伯驹看上了一幅古画，价格不菲，张家此时早已不复当年，可张伯驹实在是爱不释手，于是就软磨硬泡求着潘素给钱把画买下来，可潘素一家人的生活所需都要钱，因此犹豫了。张伯驹见此无效就使出撒手锏：躺在地上不起来，像是一个孩子在央求母亲给他买心爱的玩具一样，无论潘素怎么哄怎么拉就是不起来。最后，哭笑不得的她只好答应挑出一件自己心爱的首饰去换钱买画。这时候张伯驹才翻身爬起，然后拍了拍身上的灰尘和泥土，开心地回屋睡觉去了。

在章诒和的书里看到这一段的时候我不禁捧腹大笑，正如章诒和说的那样："潘素对张伯驹是百分之一百二的好，什么都依从他，特别是在收藏方面。"张伯驹的任性，潘素都包容，这甚是难得，张伯驹喜欢藏品，潘素都能鉴赏一二，志趣相投才是最好的伴侣。

一九四九年新中国成立以后，政府对张伯驹原来管理的盐业银行实行公私合营，张伯驹以个人无股票不能再任董事为由，退出管理，全心进行艺术收藏和创作。一九五二年，张伯驹经郑振铎推荐任文化部顾问。一九五六年，张伯驹把自己收藏的国宝都捐献给了国家。

一九五七年，张伯驹被划为右派，生活顿时陷入了窘境。陈毅见此情景，便在一九六一年介绍张伯驹、潘素夫妇到吉林省博物馆任职，张伯驹任第一副馆长，潘素则任吉林省艺术专科学校美术系讲师。

好景不长，一九六七年，张伯驹夫妇被下放到吉林舒兰县插队，此时的张伯驹已经七十岁了，潘素也五十二岁了。

最后公社不愿接收劳动力低下的张伯驹，无奈之下，张伯驹夫妇离开舒兰，回到北京。原来住的房子和户口都没有了，所以也就无法领取粮票，老两口生活无依无靠，勉强靠朋友的接济度日。在这种窘境下，夫妇二人还是保持着乐观的心态，没有抱怨什么。后来好友王世襄说："在一九六九年到一九七二年最困难的三年，我曾几次去看望他。除了年龄增长，心情、神态和二十年前住在李莲英旧宅时并无差异。不怨天，不尤人，坦然自若，依然故我。"这就是张伯驹。

一九七八年，张伯驹得到平反，生活恢复了正常。

张伯驹与潘素是踏过山河，受过苦和累，一起走过来的伴侣，张伯驹对潘素极其依赖，文人自古多情愫，但张伯驹在遇见潘素之后却再也没有对任何女人有过爱慕之情，潘素就是他的全部。他每逢佳节都会给潘素写词，有一次张伯驹去了西安女儿家小住，暂别的这段时间张伯驹都不忘写词以抒对潘素的思念之情：

不求蛛巧，长安鸠拙，何羡神仙同度。百年夫妇百年恩，纵沧海，石填难数。白头共咏，黛眉重画，柳暗花明有路。

两情一命永相怜，从未解，秦朝楚暮。

一九八二年二月，张伯驹因病住院。之前在家中只是偶感风寒，几天不见好，担心之余潘素才哄着把他送到了医院。张伯驹觉得没必要，刚开始住在一个大病房，里面病人的病情都比较严重。潘素请求医院安排一个单人房或者双人房。按道理，张伯驹这样国宝级的大师应该得到重视，但医院回答说：张伯驹不够级别，不能换。

两天后，同病房就有病人去世，这让张伯驹的情绪变得很糟糕，一直想着要回家。潘素再次请求换房，无果。而后，又一病人去世，而此时，张伯驹也由普通的感冒转成肺炎，病情加重。病情加重很可能是受到了传染导致，医院却没有及时隔离和治疗。

一九八二年二月二十六日，张伯驹去世，享年八十五岁。

对于张伯驹的离去，潘素甚是自责，不停地用拳头捶打胸口，痛悔万分。

十年后的一九九二年四月十六日，潘素因病医治无效在北京逝世，享年七十七岁。

姑苏开遍碧桃时，邂逅河阳女画师，红豆江南留梦影，白苹风末唱秋词。除非宿草难为友，那更名花愿作姬，只笑三郎年已老，华清池水恨流脂。

时光倒回六十年前，十里洋场烟花之地，张伯驹初识潘素，一见定情，如今都斯人已去，韶光流逝，可这故事却不会停止。

赵元任·杨步伟

微风吹动了我的头发，
教我如何不想她

引语

　　杨步伟说："我在小家庭里有权，可是大事情还得丈夫决定，不过大事情很少就是了，我与他辩论起来，若是两人理由不相上下，那总是我赢。"

教我如何不想她

天上飘着些微云，

地上吹着些微风。

啊！

微风吹动了我的头发，

教我如何不想她？

月光恋爱着海洋，

海洋恋爱着月光。

啊！

这般蜜也似的银夜。

教我如何不想她？

水面落花慢慢流，

水底鱼儿慢慢游。

啊！

燕子你说些什么话？

教我如何不想她？

枯树在冷风里摇，

野火在暮色中烧。

啊！

西天还有些儿残霞，

教我如何不想她？

　　这首《教我如何不想她》是刘半农所作的一首诗，后来被赵元任谱曲，一时间广为流传。此诗用在赵元任与杨步伟的爱情之路上，确实合适，此诗也是首创了"她"指代女性，从此，这个"她"字才被广泛使用。

　　赵元任，江苏常州人，一八九二年十一月三日出生于天津，是清朝著名诗人赵翼的后人。赵元任文理皆通，学贯中西，特别是在语言学和音乐上有很深的造诣。尤其值得称道的，是他惊人的语言天赋。他在火车上能把经过的各地方言全学了，达到连本地人都难以分辨的地步。

他与夫人杨步伟的爱情之路上，没有轰轰烈烈，但脉脉温情足以动人。

杨步伟一八八九年十一月二十五日出生于南京，她的祖父是中国佛教协会创始人杨仁山，南京至今还有很多人记得他。杨家当时是个大家族，人口众多，她的命运早在出生前就被做了安排。家里为她指定了其姑母肚里的孩子为夫，所以她一来到这个世界上，便在事实上拥有了四位父母，不满百日时还有了丈夫。祖母此后又给她改名叫"传弟"，意思是要给家里再带一个小弟弟来。

杨步伟二十二岁就当了中学校长，后来又考取了官费留学名额，去日本读医学，成了中国最早的女留学生之一。回国后，她参与创办了中国第一所妇科医院，也是第一家私立医院——森仁医院。医院的另外两个联合创办人是她的两个好朋友林贯虹、李贯中，她们名字里都有木字，三木成森，但等医院正式运作的时候，林贯虹却因病离世，成了两人（仁）行医为仁，所以医院名字叫森仁医院。

杨步伟这个名字的由来，也与林贯虹去世有关。她原来学名叫韵卿，后来她的同窗好友林贯虹开玩笑说："你这个人将来一定是伟大的，叫'步伟'吧。"当时杨步伟没有当回事，后来林贯虹因为传染上猩红热不幸病亡，为了表达对朋友的纪念，她改名为"步伟"。

赵元任与杨步伟的相识，其实是偶然。一九二〇年九月的一个晚上，当时在清华大学任教的赵元任开完会出来，本来他要回清华园住的，但那天太晚，城门已经关了，所以他就去了表哥庞敦敏家，希望暂住一晚。到的时候，表哥家里正好有两位客人在，一位是李贯中，另一位就是杨步伟。

他们坐下来一起聊天，席间一向活泼的杨步伟问赵元任：

"你学什么的啊？"

"学哲学的。"

"一个人好好的干吗学哲学啊？"

这样一来搞得赵元任甚是尴尬。这次见面之后，杨步伟对赵元任并没有什么感觉，她还调皮地想撮合李贯中和赵元任，觉得他们两个更合拍。

刚开始的时候，赵元任倒还真的和李贯中走得近。他也经常去森仁医院串门，这样一来，赵元任、李贯中和杨步伟三个人就经常有碰面的机会，有时候是在医院，有时候一起出去游玩。见面的机会多了，赵元任发现自己似乎对李贯中没有感觉，可以做普通朋友，但没有与她成为情侣的冲动。

通过一段时间的接触，赵元任愈发喜欢杨步伟那种洒脱的性子，觉得杨步伟才是自己要找的那个人。在一九二一年春天的一天，赵元任在散步的时候大胆地向杨步伟坦白了自己的爱慕之情。或许是因为杨步伟也早已对赵元任产生了好感，面对突如其来的表白，她镇定地答应了。

一九二一年六月，两人正式结婚。

这一年，杨步伟三十二岁，赵元任二十九岁。从相识到相爱到步入婚姻的殿堂，他们走了不到一年，用今天的话讲，可谓是"闪婚一族"了。

二人关系能进展得这么快，跟杨步伟的性格有很大关系。她从小就爽快果决，后来在工作中又是独当一面的女强人，有着超乎常人的理性，从不优柔寡断、扭扭捏捏。无论是对待友情还是爱情，她一向敢作敢当，既然爱了，那就爱到底，哪来那么多的瞻前顾后？

结婚之后，杨步伟就由原来风风火火杨院长转变成了赵太太，工作上雷厉风行的性格延续到了家庭生活中，她把家打理得井井有条，非常温馨，这也让赵元任可以将更多的心思放在学术研究上。这个家的幸福，是杨步伟放弃了自己的事业换来的。

一九二二年，赵元任去美国哈佛大学任教，杨步伟也随夫前去。刚开始杨步伟打算去了美国后考行医执照继续从医，但因为怀孕只能搁置。之后三年的时间内她生了两个孩子，这样一来，继续学习并从医的愿望只能落空。当时，一家的开支以赵元任的薪水是很难维持的，为了贴补家用，杨步伟甚至自己做手提包，再自己拿到街上去卖。生活更为艰难的时候，杨步伟不得不去菜场收拾一些细细的蔬菜回家，甚至实在没钱了，她将自己的首饰和皮衣典当和变卖，这一切，她都没有怨言，正如她的父亲所夸她的："你刚强得像个男子。"

一九二五年，他们一家回国，赵元任担任清华大学教授，而杨步伟则又有了自己继续创业的想法。在胡适、蒋梦麟等人的支持下，她通过募款开了一家诊所，后来诊所因为收容在游行示威中受伤的学生，被当局关闭了。不甘心的她又与身边的朋友开了一家小小的服务公司，生意不错，但没挣到钱，最后也关闭了。

换作常人，可能会被打击得一蹶不振，但杨步伟却自嘲地写了一副对联贴在公司大门上：

生意茂盛

本钱干净

一九三八年，赵元任再次获得了去美国的机会，这让全家人都很高兴，一是因为时局不安稳，留在国内不安全，二是因为这是一个难得的机会。但此时杨步伟却伤心地哭了起来，她说这次去美国，也许就没有机会做自己的本行，也没有办法再创业了。可见在她的心里，她从未放弃自己所爱的事业。

"我一生并未做出于国家与社会大有用的事，负了我父亲的希望，所以我现在不赞成女儿们学医——除非不嫁才可以。"这句颇为无奈的话道出了杨步伟内心的不甘，家庭和事业，她只能选一个。

一九七一年六月一日，是他们的金婚纪念日，杨步伟写下的《金婚诗》是这样的：

吵吵争争五十年，人人反说好姻缘。

元任欠我今生业，颠倒阴阳再团圆。

从这首诗的前两句中，我们能看出来夫妻相伴之路难免是有磕磕碰碰的，后两句则是杨步伟对自己没能坚持做自己的事业的悔恨和不甘。想必在这五十年里，她也不断地在反思这场婚姻的意义，为了家庭，放弃了自己，值得吗？

看到妻子写下这首诗，赵元任心中自然也是感慨万千，于是也写了一首《金婚诗》：

阴阳颠倒又团圆，犹似当年蜜蜜甜。

男女平权新世纪，同偕造福为人间。

赵元任曾说，孙悟空之所以能保唐僧西天取得真经，除了他自己本事通天外，更重要的是，他背后还有一个总在关键时刻帮他一把的观音菩萨，杨步伟就是帮他在学术上取得真经的观音菩萨。可见，他对杨步伟一生的付出一直心存感激。

一九七三年六月，中美关系正常化，赵元任与杨步伟夫妇回到中国省亲，并受到了周恩来总理的亲切接见。

后来，身边的朋友总是开玩笑说赵元任怕老婆，说杨步伟在家里是说一不二的主，赵元任每次都会心一笑，甚至有次胡适问杨步伟："你们家中的事情谁说了算？"杨步伟答道：

> 我在小家庭里有权，可是大事情还得丈夫决定，不过大事情很少就是了，我与他辩论起来，若是两人理由不相上下，那总是我赢。

这个回答让胡适深感佩服。大家都知道胡适他自己就是个怕老婆的人，回答中杨步伟既维护了赵元任作为男主人的面子，同时又俏皮地表示了自己在家庭中的地位。

一九八一年三月一日，杨步伟在美国病逝，赵元任悲痛之余给友人写信说："韵卿去世，一时精神混乱，借住小女如兰处，暂不愿回柏克莱[1]，今后再也不能说回'家'了。"

没有了杨步伟的地方，就再也没有家了。

一九八二年一月，赵元任离世。

---

[1] 今一般译作"伯克利"。